PROSPER MÉRIMÉE

Mateo Falcone
Das Blaue Zimmer

FRANZÖSISCH UND DEUTSCH

ÜBERSETZUNG UND NACHWORT
VON OTTO WEITH

PHILIPP RECLAM JUN. STUTTGART

Die französischen Texte folgen der Ausgabe *Œuvres Complètes de Prosper Mérimée.*
Mateo Falcone: Bd. 12 (Mosaïque), hrsg. von Maurice Levaillant, Paris 1933. – *La Chambre bleue:* Bd. 6 (Dernières Nouvelles), hrsg. von Léon Lemonnier, Paris 1929.

Universal-Bibliothek Nr. 9795

Gesamtherstellung: Reclam, Ditzingen. Printed in Germany 1984
ISBN 3-15-009795-9

Mateo Falcone

En sortant de Porto-Vecchio, et se dirigeant vers l'intérieur de l'île, on voit le terrain s'élever assez rapidement, et, après trois heures de marche par des sentiers tortueux, obstrués par de gros quartiers de rocs, et quelquefois coupés par des ravins, on se trouve sur le bord d'un *mâquis* très étendu; c'est la patrie des bergers corses, et de quiconque s'est brouillé avec la justice. Il faut savoir que le laboureur corse, pour s'épargner la peine de fumer son champ, met le feu à une certaine étendue de bois: tant pis si la flamme se répand plus loin que besoin n'est; arrive que pourra, on est sûr d'avoir une bonne récolte en semant sur cette terre fertilisée par les cendres des arbres qu'elle portait. Les épis enlevés, car on laisse la paille, qui donnerait de la peine à recueillir, les racines qui sont restées en terre sans se consumer poussent, au printemps suivant, des cépées très épaisses qui, en peu d'années, parviennent à une hauteur de sept ou huit pieds. C'est cette manière de taillis fourré que l'on nomme *mâquis*. Différentes espèces d'arbres et d'arbrisseaux le composent, mêlés et confondus comme il plaît à Dieu. Ce n'est que la hache à la main que l'homme s'y ouvrirait un passage, et l'on voit des *mâquis* si épais et si touffus que les moufflons eux-mêmes ne peuvent y pénétrer.

Si vous avez tué un homme, allez dans le mâquis de Porto-Vecchio, et vous y vivrez en sûreté, avec un bon fusil, de la poudre et des balles; n'oubliez pas un manteau brun garni d'un capuchon*, qui sert de couverture et de matelas. Les

* *Ruppa.*

Verläßt man Porto-Vecchio[1] und wendet sich ins Innere der Insel[2], sieht man das Gelände ziemlich rasch ansteigen, und nach drei Stunden Marsch auf gewundenen Pfaden, die von mächtigen Felsblöcken versperrt und manchmal von Schluchten unterbrochen werden, findet man sich am Rand einer weitgedehnten Macchia; sie ist die Heimat der korsischen Hirten und all derer, die mit dem Recht in Konflikt geraten sind. Man muß wissen, daß der korsische Bauer, um sich die Mühe zu ersparen, sein Feld zu düngen, ein bestimmtes Stück Wald in Brand steckt: gleichviel, wenn sich das Feuer weiter ausbreitet, als nötig ist; mag geschehen, was will, man ist sicher, eine gute Ernte zu erzielen, wenn man in dem Boden sät, der durch die Asche der Bäume, die er trug, angereichert ist. Sind die Ähren geschnitten – denn man läßt das Stroh liegen, das einzusammeln Mühe machen würde –, treiben im nächsten Frühjahr aus den Wurzeln, die in der Erde verblieben sind, ohne abzusterben, üppige Schößlinge, die in wenigen Jahren eine Höhe von sieben oder acht Fuß erreichen. Diese Art Niederholz bezeichnet man als Macchia. Sie setzt sich aus allerlei Baumarten und Sträuchern zusammen, die sich untereinander mischen und vermengen, wie es Gott gefällt. Nur mit dem Handbeil könnte sich der Mensch einen Weg hindurch bahnen, und man trifft Macchie, die so dicht und unzugänglich sind, daß nicht einmal Mufflons in sie eindringen können.

Hat jemand einen Menschen getötet, so gehe er in die Macchia von Porto-Vecchio, und er wird mit einer guten Flinte, Pulver und Kugeln in Sicherheit leben; er vergesse nicht den braunen Kapuzenmantel[3], der als Decke und

1. Bezirksstadt an der Ostküste Korsikas, 25 km östlich von Sartene.
2. Mérimée präzisiert in der Ausgabe von 1842: ›nach Nordwesten‹ (Colomba, suivi de la MOSAÏQUE et autres contes et nouvelles. Nouvelles éditions revues et corrigées. Paris 1842).
3. Anm. Mérimées: ›*ruppa*‹; 1842 korrekter: ›*pilone*‹.

bergers vous vendront du lait et du fromage, et vous n'aurez rien à craindre de la justice ou des parents du mort, si ce n'est quand il vous faudra descendre à la ville pour y renouveler vos munitions.

Mateo Falcone, quand j'étais en Corse en 18—, avait sa maison à une demi-lieue de ce mâquis. C'était un homme assez riche pour le pays; vivant noblement, c'est-à-dire sans rien faire, du produit de ses troupeaux, que des bergers, espèces de nomades, menaient paître çà et là sur les montagnes. Lorsque je le vis, deux années après l'événement que je vais raconter, il me parut âgé de cinquante ans tout au plus. Figurez-vous un homme petit mais robuste, avec des cheveux crépus, noirs comme le jais, un nez aquilin, les lèvres minces, les yeux grands et vifs, et un teint couleur de revers de botte. Son habileté au tir du fusil passait pour extraordinaire, même dans son pays, où il y a tant de bons tireurs. Par exemple, Mateo n'aurait jamais tiré sur un moufflon avec des chevrotines; mais à cent vingt pas, il l'abattait d'une balle dans la tête ou dans l'épaule, à son choix. La nuit, il se servait de ses armes aussi facilement que le jour, et l'on m'a cité de lui ce trait d'adresse, qui paraîtra peut-être incroyable à qui n'a pas voyagé en Corse. A quatre-vingts pas on plaçait une chandelle allumée derrière un transparent de papier, large comme une assiette. Il mettait en joue, puis on éteignait la chandelle, et, au bout d'une minute, dans l'obscurité la plus complète, il tirait et perçait le transparent trois fois sur quatre.

Avec un mérite aussi transcendant, Mateo Falcone s'était attiré une grande réputation. On le disait aussi bon ami que dangereux ennemi: d'ailleurs serviable et faisant l'aumône, il vivait en paix avec tout le monde dans le district de

Matratze dient. Die Hirten werden ihm Milch und Käse verkaufen[4], und er wird seitens der Justiz oder der Verwandten des Toten nichts zu befürchten haben, wenn er nicht in die Stadt hinuntersteigen muß, um dort seine Munition zu ergänzen.

Als ich 18— auf Korsika war, hatte Mateo Falcone sein Haus eine halbe Meile von dieser Macchia. Er war für die Begriffe des Landes ein ziemlich reicher Mann; er lebte nobel, das heißt ohne etwas zu tun, vom Ertrag seiner Herden, die nomadenhafte Hirten hier und dort auf den Bergen weiden ließen. Als ich ihn zwei Jahre nach dem Ereignis sah, das ich erzählen will, schien er mir höchstens fünfzig Jahre alt zu sein. Man stelle sich einen kleinen, aber robusten Mann vor, mit krausem Haar, schwarz wie Pech, einer Adlernase, schmalen Lippen, großen und lebhaften Augen und einer Haut von der Farbe einer Stiefelstulpe. Seine Geschicklichkeit im Umgang mit der Flinte galt sogar in seinem Lande, wo es so viele gute Schützen gibt, als außerordentlich. Nie hätte Mateo zum Beispiel mit Schrot auf ein Mufflon geschossen, aber auf hundertzwanzig Schritt erlegte er es mit einer Kugel, wahlweise durch Kopf- oder Blattschuß. Bei Nacht bediente er sich seiner Waffe genauso mühelos wie am Tag, und man hat mir von einer Probe seiner Gewandtheit erzählt, die wohl jedem unglaublich erscheinen wird, der Korsika nicht bereist hat. Auf achtzig Schritt stellte man eine angezündete Kerze hinter einem transparenten Papier von der Größe eines Tellers auf. Er legte an, dann löschte man die Kerze; nach Ablauf einer Minute, in vollkommener Dunkelheit, schoß er und durchbohrte das Transparent dreimal bei vier Schüssen.

Bei einem so überlegenen Talent hatte sich Mateo Falcone großes Ansehen erworben. Man sagte von ihm, er sei ein ebenso guter Freund wie ein gefährlicher Feind: da er im übrigen hilfsbereit war und Almosen gab, lebte er im Be-

4. 1842 von Mérimée geändert: ›werden ihm Milch und Käse schenken‹.

Porto-Vecchio. Mais on contait de lui qu'à Corte, où il avait pris femme, il s'était débarrassé fort vigoureusement d'un rival qui passait pour aussi redoutable en guerre qu'en amour: du moins on attribuait à Mateo certain coup de fusil qui surprit ce rival comme il était à se raser devant un petit miroir pendu à sa fenêtre. L'affaire assoupie, Mateo se maria. Sa femme Giuseppa lui avait donné d'abord trois filles (dont il enrageait), et enfin un fils, qu'il nomma Fortunato: c'était l'espoir de sa famille, l'héritier du nom. Les filles étaient bien mariées: leur père pouvait compter au besoin sur les poignards et les escopettes de ses gendres. Le fils n'avait que dix ans, mais il annonçait déjà d'heureuses dispositions.

Un certain jour d'automne, Mateo sortit de bonne heure avec sa femme, pour aller visiter un de ses troupeaux dans une clairière du mâquis. Le petit Fortunato voulait l'accompagner, mais la clairière était trop loin; d'ailleurs, il fallait bien que quelqu'un restât pour garder la maison; le père refusa donc: on verra s'il n'eut pas lieu de s'en repentir.

Il était absent depuis plusieurs heures, et le petit Fortunato était tranquillement étendu au soleil, regardant les montagnes bleues, et pensant que, le dimanche prochain, il irait dîner à la ville, chez son oncle le caporale*, quand il fut soudainement interrompu dans ses méditations par l'explosion d'une arme à feu. Il se leva et se tourna du côté de la

* On appelle ainsi un homme qui, par ses propriétés, ses alliances ou sa clientèle, exerce une influence et une sorte de magistrature effective sur une *pieva* ou un canton. Les Corses se divisent, par une ancienne habitude, en cinq castes, savoir: les *gentilshommes* (dont les uns sont *magnifiques*, les autres *signori*), les *caporali*, les *citoyens*, les *plébéiens* et les *étrangers*.

zirk Porto-Vecchio mit aller Welt in Frieden. Man erzählte sich jedoch von ihm, daß er sich in Corte, wo er sich verheiratet hatte, auf recht gewaltsame Weise eines Rivalen entledigt habe, der im Streit wie in der Liebe als gleichermaßen gefürchtet galt: zum mindesten schrieb man Mateo einen gewissen Flintenschuß zu, der jenen Rivalen überraschend traf, als er sich gerade vor einem kleinen Spiegel rasierte, der an seinem Fenster hing. Als über die Affäre Gras gewachsen war, heiratete Mateo. Seine Frau Giuseppa hatte ihm zuerst drei Töchter (worüber er in Wut geriet) und schließlich einen Sohn geschenkt, den er Fortunato nannte: die Hoffnung seiner Familie, der Erbe des Namens. Die Töchter waren gut verheiratet: ihr Vater konnte nötigenfalls auf die Dolche und Stutzen seiner Schwiegersöhne zählen. Der Sohn war erst zehn Jahre alt, zeigte aber schon glückliche Anlagen.

An einem Herbsttag verließ Mateo zu früher Stunde mit seiner Frau das Haus, um in einer Lichtung der Macchia eine seiner Herden aufzusuchen. Der kleine Fortunato wollte ihn begleiten, aber die Lichtung war zu weit entfernt; überdies war es wohl nötig, daß jemand zurückblieb, das Haus zu hüten; der Vater lehnte also ab: man wird sehen, ob er nicht Grund hatte, es zu bereuen.

Er war seit mehreren Stunden fort; der kleine Fortunato lag friedlich in der Sonne ausgestreckt, betrachtete die blauen Berge und bedachte, daß er am kommenden Sonntag in die Stadt zu seinem Onkel, dem Caporale[5], zum Mittagessen gehen werde, als er aus seinen Träumereien plötzlich durch den Knall einer Feuerwaffe aufgestört wurde. Er

5. Anm. Mérimées: ›So nennt man einen Mann, der durch seine Besitzungen, Verbindungen oder Schutzgenossenschaften Einfluß und eine Art obrigkeitliches Amt ausübt, das sich über eine *pieva* oder einen Bezirk erstreckt. Die Korsen teilen sich nach alter Gewohnheit in fünf Klassen, nämlich: Edelleute (von denen die einen Magnifici, die anderen Signori sind), Caporali, Bürger, gewöhnliches Volk und Fremde.‹ – Merimée berichtigt 1842: ›Die Caporali waren einst die Anführer, die die korsischen Gemeinden wählten, wenn sie sich gegen die Feudalherren erhoben. Heute benennt man so noch manchmal einen Mann, der . . .‹

plaine d'où partait ce bruit. D'autres coups de fusil succédèrent, tirés à intervalles inégaux, et toujours de plus en plus rapprochés; enfin, dans le sentier qui menait de la plaine à la maison de Mateo, parut un homme, coiffé d'un bonnet pointu comme en portent les montagnards, barbu, couvert de haillons, et se traînant avec peine en s'appuyant sur son fusil. Il venait de recevoir un coup de feu dans la cuisse.

Cet homme était un proscrit, qui, étant parti de nuit pour aller acheter de la poudre à la ville, était tombé en route dans une embuscade de voltigeurs corses*. Après une vigoureuse défense, il était parvenu à faire sa retraite, vivement poursuivi et tiraillant de rocher en rocher. Mais il avait peu d'avance sur les soldats, et sa blessure le mettait hors d'état de gagner le mâquis avant d'être rejoint.

Il s'approcha de Fortunato et lui dit:

– Tu es le fils de Mateo Falcone?

– Oui.

– Moi, je suis Gianetto Sanpiero. Je suis poursuivi par les collets jaunes**. Cache-moi, car je ne puis aller plus loin.

– Et que dira mon père, si je te cache sans sa permission?

– Il dira que tu as bien fait.

– Qui sait?

– Cache-moi vite; ils viennent.

– Attends que mon père soit revenu.

* C'est un corps levé depuis peu d'années par le gouvernement, et qui sert concurremment avec la gendarmerie au maintien de la police.

** L'uniforme des voltigeurs est un habit brun avec un collet jaune.

stand auf und wandte sich der Seite der Ebene zu, woher das Krachen gekommen war. Weitere, in unregelmäßigen Abständen abgegebene Büchsenschüsse folgten, die immer näher kamen; schließlich erschien auf dem Pfad, der von der Ebene zu Mateos Haus führte, ein Mann mit einer spitzen Mütze auf dem Kopf, wie die Gebirgler sie tragen, bärtig, in Lumpen gehüllt, und schleppte sich mühsam fort, während er sich auf seine Büchse stützte. Er hatte soeben einen Schuß in den Schenkel bekommen.

Dieser Mensch war ein Geächteter[6], der sich nachts aufgemacht hatte, um in der Stadt Pulver zu kaufen, und unterwegs in einen Hinterhalt korsischer Volteggiatori[7] gefallen war. Nach tapferer Gegenwehr war es ihm gelungen zu entkommen, scharf verfolgt und von jedem Fels aus schießend. Er hatte aber wenig Vorsprung vor den Soldaten, und seine Verwundung setzte ihn außerstande, die Macchia zu erreichen, bevor er eingeholt würde.

Er näherte sich Fortunato und sagte:

»Du bist der Sohn von Mateo Falcone?«

»Ja.«

»Ich bin Gianetto Sanpiero. Ich werde von den Gelbkragen[8] verfolgt. Versteck mich, denn ich kann nicht mehr weiter.«

»Und was wird mein Vater sagen, wenn ich dich ohne seine Erlaubnis verstecke?«

»Er wird sagen, daß du recht getan hast.«

»Wer weiß?«

»Versteck mich schnell; sie kommen.«

»Warte, bis mein Vater zurück ist.«

6. Mérimée ersetzt 1842 das Wort *proscrit* (Geächteter) durchweg durch *bandit* (Straßenräuber, Bandit) und bemerkt dazu: ›Dieses Wort ist hier ein Synonym zu *proscrit*.‹

7. Anm. Mérimées: ›Dies ist eine von der Regierung vor wenigen Jahren aufgestellte Truppe, die in Zusammenarbeit mit der Gendarmerie für die Aufrechterhaltung des Polizeidienstes sorgt.‹

8. Anm. Mérimées: ›Die Uniform der Volteggiatori ist [1842 verbessert: ›war einst‹] ein brauner Waffenrock mit gelbem Kragen.‹

– Que j'attende? malédiction! Ils seront ici dans cinq minutes. Allons! Cache-moi, ou je te tue.
Fortunato lui répondit avec le plus grand sangfroid:
– Ton fusil est déchargé, et il n'y a plus de cartouches dans ta giberne.
– J'ai mon stylet.
– Mais courras-tu aussi vite que moi?
Il fit un saut et se mit hors d'atteinte.
– Tu n'es pas le fils de Mateo Falcone! Me laisseras-tu donc arrêter devant ta maison!
L'enfant parut touché.
– Que me donneras-tu si je te cache? dit-il en se rapprochant.
Le proscrit fouilla dans une poche de cuir qui pendait à sa ceinture, et il en tira une pièce de cinq francs, qu'il avait réservée sans doute pour acheter de la poudre. Fortunato sourit à la vue de la pièce d'argent, il s'en saisit, et dit à Gianetto:
– Ne crains rien.
Aussitôt, il fit un grand trou dans un tas de foin placé auprès de la maison. Gianetto s'y blottit, et l'enfant le recouvrit de manière à lui laisser un peu d'air pour respirer, sans qu'il fût possible cependant de soupçonner que ce foin cachât un homme. Il s'avisa, de plus, d'une finesse de sauvage assez ingénieuse. Il alla prendre une chatte et ses petits, et les établit sur le tas de foin, pour faire croire qu'il n'avait pas été remué depuis peu. Ensuite, remarquant des traces de sang sur le sentier près de la maison, il les couvrit de poussière avec soin, et, cela fait, il se recoucha au soleil avec la plus grande tranquillité.
Quelques minutes après, six hommes en uniforme brun à collets jaunes, et commandés par un adjudant, étaient devant

»Ich warten? Verflucht! In fünf Minuten sind sie hier. Los! Versteck mich, oder ich bring dich um.«
Mit der größten Kaltblütigkeit antwortete ihm Fortunato: »Deine Flinte ist leergeschossen, und in deiner Patronentasche[9] sind keine Patronen mehr.«
»Ich habe mein Stilett.«
»Aber kannst du so schnell rennen wie ich?«
Er machte einen Sprung und brachte sich außer Reichweite.
»Du bist nicht Mateo Falcones Sohn! Willst du mich denn vor deinem Haus festnehmen lassen!«
Der Knabe schien betroffen zu sein.
»Was gibst du mir, wenn ich dich verstecke?« sagte er und kam näher.
Der Geächtete kramte in der Ledertasche, die an seinem Gürtel hing, und zog ein Fünf-Francs-Stück heraus, das er sich gewiß aufgehoben hatte, um Pulver zu kaufen. Fortunato lächelte beim Anblick der Silbermünze, schnappte sie sich und sagte zu Gianetto:
»Keine Angst.«
Augenblicklich machte er in einen Heuhaufen, der neben dem Haus lag, ein großes Loch. Gianetto kauerte sich hinein, und das Kind deckte ihn so zu, daß Gianetto ein bißchen Luft zum Atmen blieb, ohne daß es jedoch möglich gewesen wäre, zu vermuten, das Heu verberge einen Menschen. Mit der Schlauheit eines Wilden ließ er sich überdies etwas recht Kluges einfallen. Er holte eine Katze und ihre Jungen und setzte sie auf den Heuhaufen, um glauben zu machen, dieser sei in letzter Zeit nicht berührt worden. Als er dann auf dem Pfad am Haus Blutspuren bemerkte, bedeckte er sie sorgfältig mit Staub und legte sich, nachdem dies getan war, mit der größten Gemütsruhe wieder in die Sonne.
Einige Minuten danach waren vor Mateos Tür sechs Männer in brauner Uniform mit gelbem Kragen, die von einem

9. 1842 ersetzt Mérimée den Ausdruck *giberne* durch das italienische Wort *carchera* und erklärt es: ›Ledergürtel, der als Patronentasche und Behältnis dient.‹

la porte de Mateo. Cet adjudant était quelque peu parent de Falcone. (On sait qu'en Corse on suit les degrés de parenté beaucoup plus loin qu'ailleurs.) Il se nommait Tiodoro Gamba: c'était un homme actif, fort redouté des proscrits dont il avait déjà traqué plusieurs.

– Bonjour, petit cousin, dit-il à Fortunato en l'abordant; comme te voilà grandi! As-tu vu passer un homme tout à l'heure?

– Oh! je ne suis pas encore si grand que vous, mon cousin, répondit l'enfant d'un air niais.

– Cela viendra. Mais n'as-tu pas vu passer un homme, dis-moi?

– Si j'ai vu passer un homme?

– Oui, un homme avec un bonnet pointu de peau de chèvre, et une veste brodée de rouge et de jaune?

– Un homme avec un bonnet pointu, et une veste brodée de rouge et de jaune?

– Oui, réponds vite, et ne répète pas mes questions.

– Ce matin, Monsieur le curé est passé devant notre porte, sur son cheval Piero. Il m'a demandé comment papa se portait, et je lui ai répondu ...

– Ah! petit drôle, tu fais le malin! Dis-moi vite par où est passé Gianetto, car c'est lui que nous cherchons; et, j'en suis certain, il a pris par ce sentier.

– Qui sait?

– Qui sait? C'est moi qui sais que tu l'as vu.

– Est-ce qu'on voit les passants quand on dort?

– Tu ne dormais pas, vaurien; les coups de fusil t'ont réveillé.

– Vous croyez donc, mon cousin, que vos fusils font tant de bruit? L'escopette de mon père en fait bien davantage.

Wachtmeister befehligt wurden. Dieser Wachtmeister war mit Falcone weitläufig verwandt (man weiß, daß auf Korsika die Verwandtschaftsgrade viel weiter zurückverfolgt werden als anderswo). Er hieß Tiodoro Gamba: er war ein tatkräftiger Mann und bei den Geächteten, deren er schon mehrere aufgespürt hatte, sehr gefürchtet.

»Guten Tag, kleiner Vetter«, sagte er zu Fortunato, während er auf ihn zukam; »wie groß du geworden bist! Hast du gerade einen Mann vorbeigehen sehen?«

»Oh! Ich bin noch nicht so groß wie Ihr, Herr Vetter«, antwortete das Kind mit einfältiger Miene.

»Das wird schon kommen. Aber sag mir, hast du keinen Mann vorbeigehen sehen?«

»Ob ich einen Mann habe vorbeigehen sehen?«

»Ja, einen Mann mit einer spitzen Mütze aus Ziegenfell[10] und einer rot und gelb gestickten Jacke?«

»Einen Mann mit einer spitzen Mütze und einer rot und gelb gestickten Jacke?«

»Ja. Antworte schnell und wiederhole nicht meine Fragen.«

»Heute morgen ist der Herr Pfarrer auf seinem Pferd Piero an unserer Tür vorbeigeritten. Er hat mich gefragt, wie es Papa geht, und ich habe ihm geantwortet ...«

»Ah, du kleiner Schlingel, du spielst den Schlaukopf! Sag mir schnell, wohin Gianetto gegangen ist, denn ihn suchen wir; und ich bin sicher, er hat diesen Pfad genommen.«

»Wer weiß?«

»Wer das weiß? Ich. Ich weiß es, daß du ihn gesehen hast.«

»Sieht man Vorbeigehende, wenn man schläft?«

»Du hast nicht geschlafen, Nichtsnutz; die Büchsenschüsse haben dich aufgeweckt.«

»Ihr glaubt also, Herr Vetter, daß Euere Büchsen so viel Lärm machen? Der Stutzen von meinem Vater macht viel mehr Krach.«

10. Mérimée berichtigt 1842: ›aus schwarzem Filz‹.

– Que le diable te confonde! maudit garnement! Je suis bien sûr que tu as vu le Gianetto. Peut-être même l'as-tu caché. Allons, camarades, entrez dans cette maison, et voyez si notre homme n'y est pas. Il n'allait plus que d'une patte, et il a trop de bon sens, le coquin, pour avoir cherché à gagner le mâquis en clopinant. D'ailleurs, les traces de sang s'arrêtent ici.
– Et que dira papa? demanda Fortunato en ricanant; que dira-t-il s'il sait qu'on est entré dans sa maison pendant qu'il était sorti?
– Vaurien! dit l'adjudant Gamba, en le prenant par l'oreille, sais-tu qu'il ne tient qu'à moi de te faire changer de note? Peut-être qu'en te donnant une vingtaine de coups de plat de sabre, tu parleras enfin.
Et Fortunato ricanait toujours.
– Mon père est Mateo Falcone! dit-il avec emphase.
– Sais-tu bien, petit drôle, que je puis t'emmener à Corte ou à Bastia. Je te ferai coucher dans un cachot, sur la paille, les fers aux pieds, et je te ferai guillotiner, si tu ne dis où est Gianetto Sanpiero.
L'enfant éclata de rire à cette ridicule menace. Il répéta:
– Mon père est Mateo Falcone!
– Adjudant, dit tout bas un des voltigeurs, ne nous brouillons pas avec Mateo.
Gamba paraissait évidemment embarrassé. Il causait à voix basse avec ses soldats qui avaient déjà visité toute la maison. Ce n'était pas une opération fort longue, car la cabane d'un Corse ne consiste qu'en une seule pièce carrée. L'ameublement se compose d'une table qui sert de lit, de bancs, de coffres et d'ustensiles de chasse ou de ménage. Cependant le

»Daß dich der Teufel hol'! Verdammter Galgenstrick! Ich bin ganz sicher, daß du den Gianetto gesehen hast. Vielleicht hast du ihn sogar versteckt. Los, Kameraden, geht hinein ins Haus und schaut nach, ob unser Mann nicht drin ist. Er ging nur mehr auf einem Bein, und er hat zu viel Verstand, der Halunke, als daß er versucht hätte, hinkend die Macchia zu erreichen. Außerdem hören die Blutspuren hier auf.«
»Und was wird Papa sagen?« fragte Fortunato und grinste; »was wird er sagen, wenn er erfährt, daß man sein Haus betreten hat, während er weg war?«
»Nichtsnutz!« sagte der Wachtmeister Gamba und packte ihn am Ohr; »weißt du, daß es nur an mir liegt, dich eine andere Tonart singen zu lassen? Vielleicht wirst du endlich reden, wenn man dir zwanzig Hiebe mit dem blanken Säbel überzieht.«
Fortunato grinste immer noch.
»Mein Vater ist Mateo Falcone!« sagte er mit Nachdruck.
»Weißt du wohl, du kleiner Schlingel, daß ich dich nach Corte oder Bastia mitnehmen kann? Ich werde dich in einen Kerker auf Stroh legen lassen, mit Eisen an den Füßen, und ich werde dir den Kopf abhacken lassen, wenn du mir nicht sagst, wo Gianetto Sanpiero ist.«
Bei dieser lächerlichen Drohung brach das Kind in Gelächter aus und wiederholte:
»Mein Vater ist Mateo Falcone!«
»Wachtmeister«, sagte ganz leise einer der Volteggiatori, »überwerfen wir uns nicht mit Mateo.«
Gamba schien sichtlich verlegen zu sein. Mit leiser Stimme sprach er mit seinen Soldaten, die bereits das ganze Haus durchsucht hatten. Das war keine langwierige Unternehmung, denn die Hütte eines Korsen besteht nur aus einem einzigen viereckigen Raum. Die Einrichtung setzt sich aus einem Tisch[11], der auch als Bett dient, Bänken, Truhen und Jagd- und Haushaltgeräten zusammen. Inzwischen strei-

11. Mérimée streicht 1842 ›der auch als Bett dient‹.

petit Fortunato caressait sa chatte, et semblait jouir malignement de la confusion des voltigeurs et de son cousin.
Un soldat s'approcha du tas de foin. Il vit la chatte, et donna un coup de baïonnette dans le foin avec négligence, et haussant les épaules comme s'il sentait que sa précaution était ridicule. Rien ne remua; et le visage de l'enfant ne trahit pas la plus légère émotion.
L'adjudant et sa troupe se donnaient au diable; déjà ils regardaient sérieusement du côté de la plaine, comme disposés à s'en retourner par où ils étaient venus, quand leur chef, convaincu que les menaces ne produiraient aucune impression sur le fils de Falcone, voulut faire un dernier effort et tenter le pouvoir des caresses et des présents.
– Petit cousin, dit-il, tu me parais un gaillard bien éveillé! Tu iras loin. Mais tu joues un vilain jeu avec moi; et, si je ne craignais de faire de la peine à mon cousin Mateo, le diable m'emporte si je ne t'emmenais pas avec moi.
– Bah!
– Mais quand mon cousin sera revenu, je lui conterai l'affaire, et, pour ta peine d'avoir menti, il te donnera le fouet jusqu'au sang.
– Savoir?
– Tu verras ... Mais, tiens ... sois brave garçon, et je te donnerai quelque chose.
– Moi, mon cousin, je vous donnerai un avis, c'est que, si vous tardez davantage, le Gianetto sera dans le mâquis; et alors il faudra plus d'un luron comme vous pour aller l'y chercher.
L'adjudant tira de sa poche une montre d'argent qui valait bien six écus; et, remarquant que les yeux du petit Fortunato étincelaient en la regardant, il lui dit en tenant la montre suspendue au bout de sa chaîne d'acier:

chelte der kleine Fortunato seine Katze und schien sich hämisch an der Verwirrung der Volteggiatori und seines Vetters zu ergötzen.

Ein Soldat näherte sich dem Heuhaufen. Er sah die Katze und stach mit dem Bajonett nachlässig ins Heu, wobei er die Achseln zuckte, als habe er das Gefühl, daß seine Vorsicht lächerlich sei. Nichts rührte sich; und das Gesicht des Kindes verriet nicht die leiseste Erregung.

Der Wachtmeister und seine Truppe waren am Verzweifeln; schon blickten sie ernsthaft auf die Ebene hinunter, als seien sie bereit, dahin zurückzukehren, von wo sie gekommen waren, als ihr Anführer, überzeugt, daß Drohungen keinerlei Eindruck auf Falcones Sohn machen würden, eine letzte Anstrengung unternehmen und es mit der Wirksamkeit von Schmeicheleien und Geschenken versuchen wollte.

»Kleiner Vetter«, sagte er, »du scheinst mir ein recht aufgewecktes Bürschchen zu sein! Du wirst's noch weit bringen. Aber du spielst ein häßliches Spiel mit mir; und wenn ich nicht befürchtete, meinem Vetter Mateo weh zu tun, hol' mich der Teufel, wenn ich dich nicht mitnähme.«

»Bah!«

»Aber wenn mein Vetter heimkommt, werde ich ihm die Geschichte erzählen, und zur Strafe, daß du gelogen hast, wird er dich mit der Peitsche blutig schlagen.«

»Wer weiß?«

»Du wirst sehen ... Aber schau ... sei ein braver Junge, und ich werde dir etwas schenken.«

»Ich, Herr Vetter, ich werde Euch einen Rat geben, und zwar den: wenn Ihr noch länger zuwartet, wird der Gianetto in der Macchia sein; und dann braucht's mehr als einen Kerl, wie Ihr einer seid, ihn dort zu suchen.«

Der Wachtmeister zog aus seiner Tasche eine silberne Uhr, die gut ihre sechs Taler wert war; und da er merkte, daß die Augen des kleinen Fortunato funkelten, als er sie betrachtete, hielt er sie am Ende der Stahlkette in der Schwebe und sagte zu ihm:

– Fripon! tu voudrais bien avoir une montre comme celle-là suspendue à ton col, et tu te promènerais dans les rues de Porto-Vecchio, fier comme un paon; et les gens te demanderaient: «Quelle heure est-il?» et tu leur dirais: «Regardez à ma montre.»
– Quand je serai grand, mon oncle le caporale me donnera une montre.
– Oui, mais le fils de ton oncle en a déjà une... pas aussi belle que celle-ci, à la vérité... Cependant il est plus jeune que toi.
L'enfant soupira.
– Hé bien, la veux-tu cette montre, petit cousin?
Fortunato, lorgnant la montre du coin de l'œil, ressemblait à un chat à qui l'on présente un poulet tout entier. Comme il sent qu'on se moque de lui, il n'ose y porter la griffe, et de temps en temps il détourne les yeux, pour ne pas s'exposer à succomber à la tentation; mais il se lèche les babines à tout moment, et il a l'air de dire à son maître: «Que votre plaisanterie est cruelle!»
Cependant l'adjudant Gamba semblait de bonne foi en présentant sa montre. Fortunato n'avança pas la main; mais il lui dit avec un sourire amer:
– Pourquoi vous moquez-vous de moi?
– Par Dieu! je ne me moque pas. Dis-moi seulement où est Gianetto, et cette montre est à toi.
Fortunato laissa échapper un sourire d'incrédulité; et fixant ses yeux noirs sur ceux de l'adjudant, il s'efforçait d'y lire la foi qu'il devait avoir en ses paroles.
– Que je perde mon épaulette! s'écria l'adjudant, si je ne te donne pas la montre à cette condition! Les camarades sont témoins; et je ne puis m'en dédire.
En parlant ainsi, il approchait toujours la montre, tant, qu'elle touchait presque la joue pâle de l'enfant. Celui-ci

»Du Spitzbub! Du hättest wohl gern eine Uhr wie diese da um den Hals hängen und würdest in den Straßen von Porto-Vecchio herumspazieren, stolz wie ein Pfau; und die Leute würden dich fragen: ›Wieviel Uhr ist's?‹ und du würdest ihnen sagen: ›Schaut auf meine Uhr.‹«
»Wenn ich groß bin, schenkt mir mein Onkel, der Caporale, eine Uhr.«
»Ja. Aber der Sohn deines Onkels hat schon eine ... keine so schöne wie die da, wahrhaftig ... freilich ist er jünger als du.«
Das Kind seufzte.
»Na, möchtest du die Uhr, kleiner Vetter?«
Fortunato, der aus dem Augenwinkel nach der Uhr schielte, glich einer Katze, der man ein ganzes Hühnchen hinhält. Da sie spürt, daß man sich über sie lustig macht, wagt sie es nicht, die Krallen danach auszustrecken, und wendet von Zeit zu Zeit die Augen ab, um sich nicht in die Gefahr zu begeben, der Versuchung zu unterliegen; sie leckt sich aber unentwegt die Lefzen und sieht ganz so aus, als sage sie ihrem Herrn: ›Wie grausam ist dein Scherz!‹
Dem Wachtmeister Gamba indes schien es ernst zu sein, wie er da seine Taschenuhr darbot. Fortunato streckte die Hand nicht aus; er sagte aber mit einem bitteren Lächeln zu ihm:
»Warum macht Ihr Euch über mich lustig?«
»Bei Gott! Ich mache mich nicht lustig. Sag du mir nur, wo Gianetto ist, und die Uhr ist dein.«
Fortunato ließ ein ungläubiges Lächeln sehen; er richtete seine schwarzen Augen eindringlich auf die des Wachtmeisters und bemühte sich, aus ihnen zu lesen, wieweit er dessen Worten glauben dürfe.
»Ich will meine Epauletten verlieren«, rief der Wachtmeister, »wenn ich dir unter dieser Bedingung die Uhr nicht gebe! Meine Kameraden sind Zeugen; und ich kann mein Wort nicht zurücknehmen.«
Während er so sprach, brachte er die Uhr immer näher; so nah, daß sie fast die bleiche Wange des Kindes berührte.

montrait bien sur sa figure le combat que se livraient en son âme la convoitise et le respect dû à l'hospitalité. Sa poitrine nue se soulevait avec force; et il semblait près d'étouffer. Cependant la montre oscillait, tournait, et quelquefois lui heurtait le bout du nez. Enfin, peu à peu sa main droite s'éleva vers la montre: le bout de ses doigts la toucha; et elle pesait toute entière dans sa main sans que l'adjudant lâchât pourtant le bout de la chaîne... Le cadran était azuré... la boîte nouvellement fourbie... au soleil, elle paraissait toute de feu... La tentation était trop forte.
Fortunato éleva aussi sa main gauche, et indiqua du pouce, pardessus son épaule, le tas de foin auquel il était adossé. L'adjudant le comprit aussitôt. Il abandonna l'extrémité de la chaîne; Fortunato se sentit seul possesseur de la montre. Il se leva avec l'agilité d'un daim, et s'éloigna de dix pas du tas de foin, que les voltigeurs se mirent aussitôt à culbuter.
On ne tarda pas à voir le foin s'agiter; et un homme sanglant, le poignard à la main, en sortit; mais, comme il essayait de se lever en pieds, sa blessure refroidie ne lui permit plus de se tenir debout. Il tomba. L'adjudant se jeta sur lui, et lui arracha son stylet. Aussitôt on le garrotta fortement, malgré sa résistance.
Gianetto, couché par terre, et lié comme un fagot, tourna la tête vers Fortunato, qui s'était rapproché.
– Fils de...! lui dit-il avec plus de mépris que de colère.
L'enfant lui jeta la pièce d'argent qu'il en avait reçue, sentant qu'il avait cessé de la mériter; mais le proscrit n'eut pas l'air de faire attention à ce mouvement. Il dit avec beaucoup de sang-froid à l'adjudant:

In Fortunatos Gesicht spiegelte sich deutlich der Kampf, den sich in seiner Seele die Begehrlichkeit und die dem Gastrecht schuldige Achtung lieferten. Seine nackte Brust hob sich mit Macht; er schien dem Ersticken nah zu sein. Unterdessen pendelte die Uhr, drehte sich und tippte zuweilen an seine Nasenspitze. Schließlich hob sich ganz allmählich seine rechte Hand der Uhr entgegen: seine Fingerspitzen berührten sie; und sie lag, ein Ganzes, schwer in seiner Hand, ohne daß jedoch der Wachtmeister das Ende der Kette losließ... Das Zifferblatt war himmelblau... das Gehäuse frisch poliert... in der Sonne erschien sie wie eitel Feuer... Die Versuchung war zu groß.
Fortunato hob auch seine linke Hand und deutete mit dem Daumen über seine Schulter hinweg auf den Heuhaufen, an den er sich gelehnt hatte. Der Wachtmeister begriff sofort. Er ließ das Ende der Kette los; Fortunato fühlte sich als alleiniger Besitzer der Taschenuhr. Er erhob sich mit der Behendigkeit eines Damhirsches und entfernte sich auf zehn Schritt vom Heuhaufen, den die Volteggiatori sofort umzuwühlen begannen.
Es dauerte nicht lange, und man sah das Heu sich bewegen; und ein blutender Mann, den Dolch in der Hand, kam zum Vorschein; als er aber versuchte, sich auf die Füße zu stellen, erlaubte es ihm seine erkaltete Wunde nicht mehr, sich aufrecht zu halten. Er stürzte. Der Wachtmeister warf sich über ihn und entriß ihm das Stilett. Sofort wurde er trotz seines Widerstands stark gefesselt.
Auf der Erde liegend und zusammengeschnürt wie ein Reisigbündel, drehte Gianetto den Kopf Fortunato zu, der sich genähert hatte.
»Du Sohn einer ...!« sagte er mit mehr Verachtung als Zorn zu ihm.
Der Kleine warf ihm das Geldstück hin, das er von ihm bekommen hatte; er fühlte, die Zeit sei vorbei, da er es verdient hatte; aber der Geächtete sah nicht aus, als achtete er auf diese Bewegung. Mit viel Kaltblütigkeit sagte er zum Wachtmeister:

– Mon cher Gamba, je ne puis marcher; vous allez être obligé de me porter à la ville.
– Tu courais tout à l'heure plus vite qu'un chevreuil, repartit le cruel vainqueur; mais sois tranquille: je suis si content de te tenir que je te porterais une lieue sur mon dos sans être fatigué. Au reste, mon camarade, nous allons te faire une litière avec des branches et ta capote; et à la ferme de Crespoli, nous trouverons des chevaux.
– Bien, dit le prisonnier; vous mettrez aussi un peu de paille sur votre litière, pour que je sois plus commodément.
Pendant que les voltigeurs s'occupaient, les uns à faire une espèce de brancard avec des branches de châtaigniers, les autres à panser la blessure de Gianetto, Mateo Falcone et sa femme parurent tout d'un coup au détour du sentier qui conduisait au mâquis. La femme s'avançait courbée péniblement sous le poids d'un énorme sac de châtaignes, tandis que son mari se prélassait, ne portant qu'un fusil à la main et un autre en bandoulière; car il est indigne d'un homme de porter d'autre fardeau que ses armes.
A la vue des soldats, la première pensée de Mateo fut qu'ils venaient pour l'arrêter. Mais pourquoi cette idée? Mateo avait-il donc quelques démêlés avec la justice? Non. Il jouissait d'une bonne réputation. C'était, comme on dit, *un particulier bien famé;* mais il était Corse et montagnard, et il n'y a point de Corse montagnard qui, en scrutant bien sa mémoire, n'y trouve quelque peccadille, telle que coups de fusil, coups de stylet et autres bagatelles. Mateo, plus qu'un autre, avait la conscience nette; car depuis plus de dix ans il n'avait dirigé son fusil contre un homme: mais toutefois il

»Mein lieber Gamba, gehen kann ich nicht; ihr werdet gezwungen sein, mich in die Stadt zu tragen.«

»Eben liefst du schneller als ein Reh«, entgegnete der grausame Sieger; »aber sei ruhig: ich bin so froh, dich zu haben, daß ich dich eine Meile weit auf dem Rücken tragen würde, ohne müde zu werden. Übrigens wollen wir dir, mein Kamerad, aus Zweigen und deinem Mantel eine Bahre machen; und auf dem Crespoli-Hof werden wir Pferde finden.«

»Gut«, sagte der Gefangene, »ihr werdet auch ein bißchen Stroh auf eure Bahre legen, damit ich es bequem habe.«

Während die Volteggiatori sich beschäftigten – die einen, um aus Kastanienzweigen eine Art Bahre zu machen, die anderen, um Gianettos Wunde zu verbinden –, erschienen auf einmal Mateo Falcone und seine Frau an der Biegung des Pfads, der zur Macchia führte. Die Frau kam näher, mühsam, gebeugt unter dem Gewicht eines riesigen Sacks Kastanien, während ihr Mann wie ein Prälat einherschritt, trug er doch nichts als eine Flinte in der Hand und eine andere quer über Schulter und Brust; denn es ist eines Mannes unwürdig, eine andere Bürde als seine Waffen zu tragen.

Beim Anblick der Soldaten war Mateos erster Gedanke, daß sie gekommen seien, um ihn festzunehmen. Warum aber diese Idee? Hatte denn Mateo irgendwelche Unstimmigkeiten mit der Justiz? Nein. Er genoß einen guten Ruf. Er war, wie man sagt, ›ein gut beleumundeter Privatmann‹; aber er war Korse und Bergbewohner, und es gibt keinen korsischen Bergbewohner[12], der, erforscht er sein Gedächtnis genau, darin nicht irgendeine kleine Sünde fände wie etwa Büchsenschüsse, Stilettstiche und andere Kleinigkeiten. Mateo hatte ein reineres Gewissen als sonst einer, denn seit mehr als zehn Jahren hatte er seine Büchse auf keinen Menschen gerichtet; dennoch war er vorsichtig; und er stellte

12. Mérimée ändert 1842 ›keinen korsischen Bergbewohner‹ in ›wenige korsische Bergbewohner‹.

était prudent; et il se mit en posture de faire une belle défense, s'il en était besoin.

– Femme, dit-il à Giuseppa, mets bas ton sac, et tiens-toi prête.

Elle obéit sur-le-champ. Il lui donna le fusil qu'il avait en bandoulière, et qui aurait pu le gêner. Il arma celui qu'il avait à la main, et il s'avança lentement vers sa maison, longeant les arbres qui bordaient le chemin, et prêt, à la moindre démonstration hostile, à se jeter derrière le plus gros tronc, d'où il aurait pu faire feu à couvert. Sa femme marchait sur ses talons, tenant son fusil de rechange et sa giberne. L'emploi d'une bonne ménagère, en cas de combat, est de charger les armes de son mari.

D'un autre côté, l'adjudant était fort en peine en voyant Mateo s'avancer ainsi, à pas comptés, le fusil en avant, et le doigt sur la détente. Si par hasard, pensa-t-il, Mateo se trouvait parent de Gianetto, ou s'il était son ami, et s'il voulait le défendre, les bourres de ses deux fusils arriveraient à deux d'entre nous, aussi sûr qu'une lettre à la poste, et s'il me visait, nonobstant la parenté! . . .

Dans cette perplexité, il prit un parti fort courageux, ce fut de s'avancer seul vers Mateo, pour lui conter l'affaire, en l'abordant comme une vieille connaissance; mais le court intervalle qui le séparait de Mateo lui parut terriblement long.

– Holà! eh! mon vieux camarade, criait-il, comment cela va-t-il, mon brave? C'est moi, je suis Gamba, ton cousin.

Mateo, sans répondre un mot, s'était arrêté, et à mesure que l'autre parlait, il relevait doucement le canon de son fusil, de sorte qu'il était dirigé vers le ciel au moment où l'adjudant le joignit.

sich in Positur, um sich wirkungsvoll zu verteidigen, wenn es nötig wäre.
»Weib«, sagte er zu Giuseppa, »setz deinen Sack ab und halte dich bereit.«
Sie gehorchte auf der Stelle. Er gab ihr die Flinte, die er über der Brust trug und die ihn hätte behindern können. Er spannte den Hahn der anderen, die er in der Hand hatte, und ging langsam auf sein Haus zu, an den Bäumen entlang, die den Weg säumten, und bereit, sich beim geringsten Anzeichen von Feindseligkeit hinter den dicksten Stamm zu werfen, von wo er aus gedeckter Stellung würde feuern können. Seine Frau folgte ihm auf den Fersen und hielt die Reserveflinte und seine Patronentasche bereit. Es ist die Aufgabe einer guten Hausfrau, im Fall eines Kampfs die Waffen ihres Ehemanns zu laden.
Auf der anderen Seite war der Wachtmeister stark in Verlegenheit, als er sah, wie sich Mateo vorwärtsbewegte, mit abgemessenen Schritten, vorgehaltener Büchse und den Finger am Abzug. ›Wenn es sich zufällig erweisen sollte‹, dachte er bei sich, ›daß Mateo ein Verwandter von Gianetto oder sein Freund ist, und wenn er ihn verteidigen will, werden die Ladungen seiner beiden Büchsen bei zweien von uns so sicher ankommen wie ein Brief bei der Post, und wenn er auf mich zielt, trotz der Verwandtschaft! . . .‹
In dieser peinlichen Lage faßte er einen sehr mutigen Entschluß, und zwar, allein Mateo entgegenzugehen, um ihn wie einen alten Bekannten anzureden und ihm die Sache zu erzählen; aber der kurze Abstand, der ihn von Mateo trennte, erschien ihm schrecklich lang.
»Hallo! He, alter Kamerad«, rief er, »wie geht's, mein Lieber? Ich bin's, ich bin Gamba, dein Vetter.«
Ohne ein Wort zu erwidern, war Mateo stehengeblieben und hob, während der andere fortfuhr, langsam den Lauf seiner Büchse derart an, daß sie in dem Augenblick, als der Wachtmeister zu ihm trat, auf den Himmel gerichtet war.

– Bonjour, frère*, dit l'adjudant en lui tendant la main. Il y a bien longtemps que je ne t'ai vu.
– Bonjour, frère.
– J'étais venu pour te dire bonjour en passant, et à ma cousine Pepa. Nous avons fait une longue traite aujourd'hui; mais il ne faut pas plaindre notre fatigue, car nous avons fait une fameuse prise. Nous venons d'empoigner Gianetto Sanpiero.
– Dieu soit loué! s'écria Giuseppa. Il nous a volé une chèvre laitière la semaine passée.
Ces mots réjouirent Gamba.
– Pauvre diable! dit Mateo, il avait faim.
Le drôle s'est défendu comme un lion, poursuivit l'adjudant un peu mortifié; il m'a tué un de mes voltigeurs, et, non content de cela, il a cassé le bras au caporal Chardon; mais il n'y a pas grand mal, ce n'était qu'un Français ... Ensuite il s'était si bien caché que le diable ne l'aurait pu découvrir. Sans mon petit cousin Fortunato, je ne l'aurais jamais pu trouver.
– Fortunato! s'écria Mateo.
– Fortunato! répéta Giuseppa.
– Oui, le Gianetto s'était caché sous ce tas de foin là-bas; mais mon petit cousin m'a montré la malice. Aussi je le dirai à son oncle le caporale, afin qu'il lui envoie un beau cadeau pour sa peine. Et son nom et le tien seront dans le rapport que j'enverrai à M. l'avocat général.
– Malédiction! dit tout bas Mateo.
Ils avaient rejoint le détachement. Gianetto était déjà couché

* *Buon giorno, fratello*, salut ordinaire des Corses.

»Guten Tag, Bruder[13]«, sagte der Wachtmeister und streckte ihm die Hand hin, »'s ist schon lange her, daß ich dich gesehen habe.«
»Guten Tag, Bruder.«
»Ich bin gekommen, um dir und meiner Base Pepa im Vorbeigehen guten Tag zu sagen. Wir haben heute ein langes Stück Weg hinter uns; aber wir dürfen uns über die Strapaze nicht beklagen, denn wir haben einen famosen Fang gemacht. Eben haben wir Gianetto Sanpiero festgenommen.«
»Gott sei gelobt!« rief Giuseppa. »Vorige Woche hat er uns eine Milchziege gestohlen.«
Diese Worte erfreuten Gamba.
»Armer Teufel«, sagte Mateo, »er hatte Hunger.«
»Der Kerl hat sich verteidigt wie ein Löwe«, fuhr der Wachtmeister etwas gekränkt fort; »er hat mir einen meiner Volteggiatori getötet und, nicht zufrieden damit, dem Korporal Chardon den Arm gebrochen; aber das ist kein großes Unglück, es ist ja nur ein Franzose ... Dann hatte er sich so gut versteckt, daß ihn der Teufel nicht hätte entdecken können. Ohne meinen kleinen Vetter Fortunato hätte ich ihn nie finden können.«
»Fortunato!« rief Mateo.
»Fortunato!« wiederholte Giuseppa.
»Ja. Der Gianetto hatte sich unter dem Heuhaufen dort drüben versteckt; aber mein kleiner Vetter hat mir den boshaften Streich aufgedeckt. Ich werde es auch seinem Onkel, dem Caporale, sagen, damit er ihm ein schönes Geschenk für seine Mühe schickt. Und sein Name und der deine werden in dem Rapport stehen, den ich dem Herrn Staatsanwalt zuschicke.«
»Verflucht!« sagte Mateo ganz leise.
Sie hatten den Streiftrupp erreicht. Gianetto war bereits auf

13. Anm. Mérimées: ›*Buon giorno, fratello*, der übliche Gruß der Korsen.‹

sur la litière et prêt à partir. Quand il vit Mateo en la compagnie de Gamba, il sourit d'un sourire étrange; puis se tournant vers la porte de la maison, il cracha sur le seuil, en disant:
– Maison d'un traître!
Il n'y avait qu'un homme décidé à mourir qui eût osé prononcer le mot de traître en l'appliquant à Falcone. Un bon coup de stylet, qui n'aurait pas eu besoin d'être répété, aurait immédiatement payé l'insulte. Cependant Mateo ne fit pas d'autre geste que celui de porter sa main à son front comme un homme accablé.
Fortunato était entré dans la maison en voyant arriver son père. Il reparut bientôt avec une jatte de lait, qu'il présenta les yeux baissés à Gianetto.
– Loin de moi! lui cria le proscrit, d'une voix foudroyante.
Puis, se tournant vers un des voltigeurs:
– Camarade, donne-moi à boire, dit-il.
Le soldat remit sa gourde entre ses mains, et le bandit but l'eau que lui donnait un homme avec lequel il venait d'échanger des coups de fusil. Ensuite il demanda qu'on lui attachât les mains de manière qu'il les eût croisées sur sa poitrine, au lieu de les avoir liées derrière le dos.
– J'aime, disait-il, à être couché à mon aise.
On s'empressa de le satisfaire, puis l'adjudant donna le signal du départ, dit adieu à Mateo qui ne lui répondit pas, et descendit au pas accéléré vers la plaine.
Il se passa près de dix minutes avant que Mateo ouvrît la bouche. L'enfant regardait d'un œil inquiet tantôt sa mère et tantôt son père, qui, s'appuyant sur son fusil, le considérait avec une expression de colère concentrée.
– Tu commences bien! dit enfin Mateo d'une voix calme, mais effrayante pour qui connaissait l'homme.

die Bahre gebettet und zum Aufbruch bereit. Als er Mateo in Gesellschaft Gambas erblickte, lächelte er eigentümlich; dann drehte er sich der Tür des Hauses zu, spuckte auf die Schwelle und sagte:

»Haus eines Verräters!«

Nur ein zum Sterben entschlossener Mann hätte es gewagt, das Wort Verräter auszusprechen und es auf Falcone anzuwenden. Ein guter Stoß mit dem Stilett, der nicht hätte wiederholt werden müssen, hätte augenblicklich die Beleidigung zurückgezahlt. Mateo jedoch tat nichts dergleichen, er legte nur wie ein geschlagener Mensch die Hand an die Stirn.

Fortunato war ins Haus getreten, als er seinen Vater kommen sah. Mit einer Schale Milch erschien er bald wieder, die er Gianetto mit niedergeschlagenen Augen anbot.

»Mach, daß du wegkommst!« schrie ihn der Geächtete mit Donnerstimme an. Dann wandte er sich an einen der Volteggiatori: »Kamerad, gib mir zu trinken«, sagte er.

Der Soldat legte ihm seine Feldflasche in die Hände; der Bandit trank das Wasser, das ihm ein Mann reichte, mit dem er eben noch Schüsse gewechselt hatte. Dann bat er, man möge ihm die Hände so binden, daß er sie gekreuzt auf der Brust liegen habe statt hinter dem Rücken verschnürt.

»Ich hab's gern«, sagte er, »bequem gebettet zu sein.«

Man beeilte sich, ihm zu willfahren; dann gab der Wachtmeister das Zeichen zum Abmarsch, sagte Lebewohl zu Mateo, der ihm nicht antwortete, und stieg beschleunigten Schritts zur Ebene hinunter.

Es vergingen nahezu zehn Minuten, bevor Mateo den Mund auftat. Das Kind schaute mit unruhigen Augen bald seine Mutter, bald seinen Vater an, der ihn, auf seine Büchse gestützt, mit einem Ausdruck verhaltenen Zorns betrachtete.

»Du fängst gut an!« sagte Mateo schließlich mit ruhiger Stimme, die aber für den fürchterlich war, der den Mann kannte.

– Mon père! s'écria l'enfant en s'avançant les larmes aux yeux comme pour se jeter à ses genoux.
Mais Mateo lui cria:
– Arrière de moi!
Et l'enfant s'arrêta et sanglota, immobile, à quelques pas de son père.
Giuseppa s'approcha. Elle venait d'apercevoir la chaîne de la montre, dont un bout sortait de la chemise de Fortunato.
– Qui t'a donné cette montre? demanda-t-elle d'un ton sévère.
– Mon cousin l'adjudant.
Falcone saisit la montre, et la jetant avec force contre une pierre, il la mit en mille pièces.
– Femme, dit-il, cet enfant est-il de moi?
Les joues brunes de Giuseppa devinrent d'un rouge de brique.
– Que dis-tu, Mateo? et sais-tu bien à qui tu parles?
– Eh bien! cet enfant est le premier de sa race qui ait fait une trahison.
Les sanglots et les hoquets de Fortunato redoublèrent, et Falcone tenait ses yeux de lynx toujours attachés sur lui. Enfin, il frappa la terre de la crosse de son fusil, puis le rejeta sur son épaule et reprit le chemin du mâquis, en criant à Fortunato de le suivre. L'enfant obéit.
Giuseppa courut après Mateo, et lui saisit le bras:
– C'est ton fils, lui dit-elle d'une voix tremblante, en attachant ses yeux noirs sur ceux de son mari, comme pour lire ce qui se passait dans son âme.
– Laisse-moi, répondit Mateo: je suis son père.
Giuseppa embrassa son fils et rentra en pleurant dans sa cabane: elle se jeta à genoux devant une image de la Vierge et pria avec ferveur. Cependant Falcone marcha quelque

»Vater!« rief das Kind, Tränen in den Augen, und kam näher, wie um sich vor ihm auf die Knie zu werfen.
Aber Mateo fuhr ihn an:
»Weg von mir!«
Das Kind blieb reglos einige Schritte vor seinem Vater stehen und schluchzte.
Giuseppa kam herzu. Sie hatte soeben die Uhrkette bemerkt, deren eines Ende aus Fortunatos Hemd heraushing.
»Wer hat dir diese Taschenuhr gegeben?« fragte sie in strengem Ton.
»Mein Vetter, der Wachtmeister.«
Falcone ergriff die Uhr, schleuderte sie mit aller Kraft gegen einen Stein und zerschmetterte sie in tausend Stücke.
»Weib«, sagte er, »ist dieses Kind von mir?«
Giuseppas braune Wangen wurden ziegelrot.
»Was sagst du, Mateo? Und weißt du wohl, mit wem du sprichst?«
»Nun, dieses Kind ist das erste seines Geschlechts, das einen Verrat begangen hat.«
Das Schluchzen und Schlucken Fortunatos wurde heftiger, und immer noch hielt Falcone seine Luchsaugen auf ihn gerichtet. Schließlich stampfte er mit dem Kolben seiner Büchse auf die Erde, warf sie sich dann über die Schulter und schlug wieder den Weg zur Macchia ein, wobei er Fortunato zuschrie, ihm zu folgen. Das Kind gehorchte.
Giuseppa lief Mateo nach und packte ihn am Arm.
»Er ist dein Sohn«, sagte sie mit zitternder Stimme zu ihm und richtete ihre schwarzen Augen auf die ihres Mannes, wie um aus ihnen zu lesen, was in seiner Seele vorging.
»Laß mich«, sagte Mateo: »Ich bin sein Vater.«
Giuseppa umarmte ihren Sohn und ging weinend in ihre Hütte zurück: sie warf sich vor einem Bild der Jungfrau auf die Knie und betete inbrünstig.
Unterdessen ging Falcone etwa zweihundert Schritte weit

deux cents pas dans le sentier, et ne s'arrêta que dans un petit ravin où il descendit. Il sonda la terre avec la crosse de son fusil, et la trouva molle et facile à creuser. L'endroit lui parut convenable pour son dessein.

– Fortunato, va auprès de cette grosse pierre.

L'enfant fit ce qu'il lui commandait, puis il s'agenouilla.

– Dis tes prières.

– Mon père, mon père, ne me tuez pas.

– Dis tes prières, répéta Mateo d'une voix terrible.

L'enfant, tout en balbutiant et en sanglotant, récita le *Pater* et le *Credo*. Le père, d'une voix forte, répondait *Amen!* à la fin de chaque prière.

– Sont-ce là toutes les prières que tu sais?

– Mon père, je sais encore l'*Ave Maria*, et la litanie que ma tante m'a apprise.

– Elle est bien longue; n'importe.

L'enfant acheva la litanie d'une voix éteinte.

– As-tu fini?

– Oh! mon père, grâce! pardonnez-moi: je ne le ferai plus! Je prierai tant mon cousin le caporale qu'on fera grâce au Gianetto!

Il parlait encore; Mateo avait armé son fusil et le couchait en joue, en lui disant:

– Que Dieu te pardonne!

L'enfant fit un effort désespéré pour se relever et embrasser les genoux de son père, mais il n'en eut pas le temps. Mateo fit feu, et Fortunato tomba raide mort.

Sans jeter un coup d'œil sur le cadavre, Mateo reprit le chemin de sa maison pour aller chercher une bêche, afin d'enterrer son fils. Il avait fait à peine quelques pas, qu'il rencontra Giuseppa, qui accourait alarmée du coup de feu.

– Qu'as-tu fait? s'écria-t-elle.

– Justice.

auf dem Pfad und hielt erst bei einer kleinen Schlucht an, in die er hinunterstieg. Er prüfte die Erde mit dem Flintenkolben und fand, daß sie weich und leicht auszuheben war. Die Stelle schien ihm für sein Vorhaben passend zu sein.
»Fortunato, geh zu dem großen Stein dort.«
Das Kind tat, was er ihm befahl, dann kniete es nieder.
»Sprich deine Gebete.«
»Vater, mein Vater, tötet mich nicht.«
»Sprich deine Gebete«, wiederholte Mateo mit schrecklicher Stimme.
Stotternd und schluchzend sagte das Kind das Vaterunser und das Credo auf. Der Vater antwortete am Ende eines jeden Gebets mit fester Stimme »Amen!«
»Sind das alle Gebete, die du weißt?«
»Vater, ich kann noch das Ave Maria und die Litanei, die mir meine Tante beigebracht hat.«
»Die Litanei ist recht lang; macht nichts.«
Das Kind beendete die Litanei mit erloschener Stimme.
»Bist du fertig?«
»Oh! Vater, Gnade! Vergebt mir: ich werde es nicht wieder tun. Ich werde meinen Onkel, den Caporale, so sehr bitten, daß man den Gianetto begnadigt!«
Er sprach noch weiter; Mateo hatte den Hahn gespannt, legte die Büchse an die Wange und sagte zu Fortunato:
»Möge Gott dir verzeihen!«
Das Kind machte eine verzweifelte Anstrengung, sich zu erheben und die Knie seines Vaters zu umklammern, hatte aber nicht mehr die Zeit dazu. Mateo gab Feuer, und Fortunato fiel auf der Stelle tot zu Boden.
Ohne einen Blick auf die Leiche zu werfen, schlug Mateo wieder den Rückweg zu seinem Haus ein, um einen Spaten zu holen und seinen Sohn zu begraben. Er hatte kaum einige Schritte getan, als er Giuseppa begegnete, die, durch den Schuß aufgeschreckt, herbeieilte.
»Was hast du getan?« rief sie.
»Gerechtigkeit.«

– Où est-il?
– Dans le ravin. Je vais l'enterrer. Il est mort en chrétien. Je lui ferai chanter une messe. – Que l'on dise à mon gendre Tiodoro Bianchi qu'il vienne demeurer avec nous.

»Wo ist er?«

»In der Schlucht. Ich werde ihn begraben. Er ist als Christ gestorben. Ich werde eine Messe für ihn lesen lassen. – Man soll meinem Schwiegersohn Tiodoro Bianchi sagen, daß er kommt und bei uns wohnt.«

La Chambre bleue

Nouvelle, dédiée à Madame de la Rhune
Biarritz, Septembre 1866

Das Blaue Zimmer

Novelle, Madame de la Rhune gewidmet
Biarritz, September 1866

Un jeune homme se promenait d'un air agité dans le vestibule d'un chemin de fer. Il avait des lunettes bleues, et quoiqu'il ne fût pas enrhumé il portait sans cesse son mouchoir à son nez. De la main gauche il portait un petit sac noir qui contenait, comme je l'ai appris plus tard, une robe de chambre de soie et un pantalon turc. De temps en temps il allait à la porte d'entrée, regardait dans la rue, puis il tirait sa montre et consultait le cadran de la gare. Le train ne partait que dans une heure, mais il y a des gens qui craignent toujours d'être en retard. Ce train n'était pas de ceux que prennent les gens pressés: peu de voitures de première classe. L'heure n'était pas celle qui permet aux agents de change de partir après les affaires terminées, pour dîner dans leur maison de campagne. Lorsque les voyageurs commencèrent à se montrer, un Parisien eût reconnu à leur tournure des fermiers ou de petits marchands de la banlieue. Pourtant, toutes les fois qu'une femme entrait dans la gare, le cœur du jeune homme aux lunettes bleues se gonflait comme un ballon, ses genoux tremblotaient, son sac était près d'échapper de ses mains et ses lunettes de tomber de son nez, où, pour le dire en passant, elles étaient placées tout de travers.
Ce fut bien pis quand après une longue attente, parut par une porte de côté, venant précisément du seul point qui ne fût pas l'objet d'une observation continuelle, une femme vêtue de noir, avec un voile épais sur le visage, et qui tenait à la main un sac de maroquin brun, contenant, comme je l'ai découvert dans la suite, une merveilleuse robe de chambre et des mules de satin bleu. La femme et le jeune homme s'avancèrent l'un vers l'autre, regardant à droite et à gauche, jamais devant eux. Ils se joignirent, se touchèrent la main et demeurèrent quelques minutes sans se dire un mot, palpi-

In der Halle eines Bahnhofs ging ein junger Mann aufgeregt hin und her. Er trug eine blaue Brille und führte, obwohl er nicht erkältet war, unausgesetzt das Taschentuch an die Nase. In seiner linken Hand hatte er eine kleine schwarze Reisetasche, die, wie ich später erfuhr, einen seidenen Morgenrock und eine türkische Hose enthielt. Von Zeit zu Zeit ging er zum Eingang, blickte auf die Straße hinaus, holte dann die Taschenuhr hervor und zog die Bahnhofsuhr zu Rat. Der Zug fuhr erst in einer Stunde ab, aber es gibt Menschen, die ständig befürchten, zu spät zu kommen. Es war keiner von den Zügen, die von eiligen Leuten benützt werden: wenige Erster-Klasse-Wagen. Es war auch nicht die Stunde, die es den Börsenmaklern ermöglicht, nach Abschluß ihrer Geschäfte wegzufahren, um in ihren Landhäusern zu dinieren. Als die Reisenden sich einzustellen begannen, hätte ein Pariser an ihrer Haltung den Landwirt oder Kleinkaufmann aus den Vororten erkannt. Sooft jedoch eine Frau den Bahnhof betrat, schwoll das Herz des jungen Mannes mit der blauen Brille an wie ein Ballon, seine Knie schlotterten, die Reisetasche wollte seiner Hand entgleiten und seine Brille von der Nase fallen, auf der sie, nebenbei gesagt, ganz schief saß.
Das wurde noch viel schlimmer, als nach langem Warten durch einen Seiteneingang, ausgerechnet von dem einzigen Punkt her, der nicht das Ziel ständiger Beobachtung war, eine schwarzgekleidete Frau mit einem dichten Schleier vor dem Gesicht erschien; in der Hand trug sie eine Reisetasche aus braunem Maroquinleder, die, wie ich in der Folge entdeckte, ein prächtiges Hauskleid und Pantöffelchen aus blauem Satin barg. Die Frau und der junge Mann gingen aufeinander zu, wobei sie nach rechts und links, aber nicht geradeaus blickten. Sie standen sich gegenüber, ihre Hände berührten sich, sie verharrten so einige Minuten, ohne ein Wort zu sagen, klopfenden Herzens, hörbar atmend, er-

tants, pantelants, en proie à une de ces émotions poignantes pour lesquelles je donnerais, moi, cent ans de la vie d'un philosophe.

Quand ils trouvèrent la force de se parler,

– «Léon,» dit la jeune femme (j'ai oublié de dire qu'elle était jeune et jolie) «Léon, quel bonheur! Jamais je ne vous aurais reconnu sous ces lunettes bleues.»

– «Quel bonheur!» dit Léon, «jamais je ne vous aurais reconnue sous ce voile noir.»

– «Quel bonheur!» reprit-elle; «prenons vite nos places; si le chemin de fer allait partir sans nous!» (et elle lui serra le bras fortement). «On ne se doute de rien. Je suis en ce moment avec Clara et son mari, en route pour sa maison de campagne, où je dois *demain* lui faire mes adieux... Et...,» ajouta-t-elle en riant et baissant la tête, «il y a une heure qu'elle est partie, et demain,... après avoir passé la *dernière soirée* avec elle!... (de nouveau elle lui serra le bras), demain dans la matinée... elle me laissera à la station où je trouverai Ursule, que j'ai envoyée devant chez ma tante... Oh! j'ai tout prévu! Prenons nos billets... Il est impossible qu'on nous devine!... Ah! si on demande nos noms dans l'auberge? J'ai déjà oublié...»

– «Monsieur et Madame Duru.»

– «Oh! non. Pas Duru. Il y avait à la pension un cordonnier qui s'appelait comme cela.»

– «Alors Dumont?...»

– «Daumont.»

– «A la bonne heure; mais on ne nous demandera rien!»

La cloche sonna, la porte de la salle d'attente s'ouvrit, et la jeune femme toujours soigneusement voilée, s'élança dans une diligence avec son compagnon. Pour la seconde fois, la cloche retentit; on ferma la portière de leur compartiment.

– «Nous sommes seuls!» s'écrièrent-ils avec joie, mais presque au même moment un homme d'environ cinquante ans,

griffen von einer jener herzerschütternden Gemütsbewegungen, für die ich hundert Lebensjahre eines Philosophen hingäbe.
Als sie die Sprache wiederfanden, sagte die junge Frau (ich habe vergessen, zu sagen, daß sie jung und hübsch war):
»Léon, welches Glück! Nie hätte ich dich unter dieser blauen Brille erkannt.«
»Welches Glück!« sagte Léon, »nie hätte ich dich unter diesem schwarzen Schleier erkannt.«
»Welches Glück!« erwiderte sie, »nehmen wir schnell unsere Plätze ein; wenn der Zug ohne uns abführe!« (und sie drückte ihm heftig den Arm). »Man ahnt nichts. Ich bin in diesem Augenblick mit Clara und ihrem Mann unterwegs zu ihrem Landhaus, wo ich ihr *morgen* adieu sagen soll ... Und ...«, fügte sie lachend hinzu, den Kopf gesenkt, »es ist eine Stunde her, daß sie abgefahren ist, und morgen ... nachdem ich den *vergangenen Abend* mit ihr verbracht habe! ...« (von neuem drückte sie seinen Arm), »morgen vormittag ... wird sie mich an der Bahnstation absetzen, wo ich Ursule treffen werde, die ich zu meiner Tante vorausgeschickt habe ... Oh! Ich habe alle Vorsichtsmaßnahmen getroffen! Lösen wir unsere Fahrkarten ... Es ist unmöglich, daß man uns draufkommt! ... Ach! Wenn man uns im Gasthaus nach unseren Namen fragt? Ich habe schon wieder vergessen ...«
»Monsieur und Madame Duru.«
»Oh! Nein. Nicht Duru. Im Pensionat gab's einen Schuster, der so hieß.«
»Dann Dumont? ...«
»Daumont.«
»Also gut; aber man wird uns nichts fragen.«
Die Glocke ertönte, die Tür des Wartesaals öffnete sich; die immer noch sorgfältig verschleierte junge Frau stürmte mit ihrem Begleiter in einen Wagen. Zum zweiten Mal klang die Glocke; die Tür des Abteils wurde geschlossen.
»Wir sind allein!« riefen sie freudig, aber fast im selben Augenblick stieg ein Mann von etwa fünfzig Jahren, ganz

tout habillé de noir, l'air grave et ennuyé, entra dans la voiture et s'établit dans un coin. La locomotive siffla et le train se mit en marche.

Les deux jeunes gens retirés le plus loin qu'ils avaient pu de leur incommode voisin commencèrent à se parler bas, et en anglais par surcroît de précaution.

– «Monsieur», dit l'autre voyageur dans la même langue, et avec un bien plus pur accent britannique, «si vous avez des secrets à vous conter, vous ferez bien de ne pas les dire en anglais devant moi. Je suis Anglais. Désolé de vous gêner, mais dans l'autre compartiment, il y avait un homme seul, et j'ai pour principe de ne jamais voyager avec un homme seul. Celui-là avait une figure de Jud. Et cela aurait pu le tenter.» (Il montra son sac de voyage, qu'il avait jeté devant lui sur un coussin.) «Au reste, si je ne dors pas, je lirai.» En effet il essaya loyalement de dormir. Il ouvrit son sac, en tira une casquette commode, la mit sur sa tête, et tint les yeux fermés pendant quelques minutes. Puis il les rouvrit avec un geste d'impatience, chercha dans son sac des lunettes, puis un livre grec; enfin il se mit à lire avec beaucoup d'attention. Pour prendre le livre dans le sac il fallut déranger maint objet entassé au hasard. Entre autres il tira des profondcurs du sac une assez grosse liasse de billets de banque d'Angleterre, la déposa sur la banquette en face de lui, et avant de la replacer dans le sac il la montra au jeune homme en lui demandant s'il trouverait à changer des bank-notes à N***.

– «Probablement. C'est sur la route d'Angleterre.»

N*** était le lieu où se dirigeaient les deux jeunes gens. Il y a à N*** un petit hôtel assez propret, où l'on ne s'arrête guère que le samedi soir. On prétend que les chambres sont bonnes. Le maître et les gens ne sont pas curieux, n'étant pas

in Schwarz gekleidet, ernsten und gelangweilten Gesichts in den Wagen und ließ sich in einer Ecke nieder. Die Lokomotive pfiff, der Zug setzte sich in Bewegung.
Die jungen Leute hatten sich so weit von ihrem unbequemen Nachbarn zurückgezogen, wie sie konnten, und fingen an, sich in übertriebener Vorsicht leise und in Englisch zu unterhalten.
»Monsieur«, sagte der andere Reisende in der gleichen Sprache und mit einem weitaus reineren britischen Akzent, »wenn Sie sich Geheimnisse zu erzählen haben, werden Sie gut daran tun, in meiner Gegenwart nicht in Englisch über sie zu reden. Ich bin Engländer. Es tut mir unendlich leid, Ihnen lästig zu sein, aber im anderen Abteil war ein einzelner Mann, und ich habe das Prinzip, nie mit einem einzelnen Mann zu reisen. Der drüben hatte das Gesicht eines Juden. Und das da hätte ihn reizen können.« (Er wies auf seine Reisetasche, die er vor sich aufs Polster geworfen hatte.) »Im übrigen lese ich, wenn ich nicht schlafe.«
Tatsächlich machte er den redlichen Versuch, zu schlafen. Er öffnete seine Tasche, zog eine bequeme Mütze heraus, setzte sie sich auf den Kopf und hielt die Augen einige Minuten geschlossen. Sodann schlug er sie mit einer Geste des Unmuts wieder auf, kramte in seiner Reisetasche nach der Brille und dann nach einem griechischen Buch; schließlich schickte er sich an, mit viel Aufmerksamkeit zu lesen. Um das Buch herauszuholen, hatte er manche aufs Geratewohl hineingeworfene Dinge beiseite tun müssen. Unter anderem zog er ein ziemlich dickes Bündel Noten der Bank von England aus den Tiefen der Tasche, legte es auf den Sitz gegenüber, zeigte sie, bevor er sie zurückpackte, dem jungen Mann und fragte ihn, ob in N... Gelegenheit sei, Banknoten zu wechseln.
»Wahrscheinlich. Es liegt an der Strecke nach England.«
N... war der Ort, wohin die zwei jungen Leute sich wenden wollten. Es gibt in N... ein recht anständiges kleines Hotel, in dem man sich fast nur den Samstagabend aufhält. Es heißt, die Zimmer seien gut. Der Wirt und seine

assez éloignés de Paris pour avoir ce vice provincial. Le jeune homme que j'ai déjà appelé Léon, avait été reconnaître cet hôtel quelque temps auparavant, sans lunettes bleues, et sur le rapport qu'il en avait fait, son amie avait paru éprouver le désir de le visiter. Elle se trouvait d'ailleurs ce jour-là dans une disposition d'esprit telle que les murs d'une prison lui eussent semblé pleins de charmes, si elle y eût été enfermée avec Léon.

Cependant, le train allait toujours; l'Anglais lisait son grec sans tourner la tête vers ses compagnons qui causaient si bas que des amants seuls eussent pu s'entendre. Peut-être ne surprendrai-je pas mes lecteurs en leur disant que c'étaient des amants dans toute la force du terme, et ce qu'il y avait de déplorable, c'est qu'ils n'étaient pas mariés, et il y avait des raisons qui s'opposaient à ce qu'ils le fussent.

On arriva à N***. L'Anglais descendit le premier. Pendant que Léon aidait son amie à sortir de la diligence sans montrer ses jambes, un homme s'élança sur la plate-forme, du compartiment voisin. Il était pâle, jaune même, les yeux creux et injectés de sang, la barbe mal faite, signe auquel on reconnaît souvent les grands criminels. Son costume était propre, mais usé jusqu'à la corde. Sa redingote, jadis noire, maintenant grise au dos et aux coudes était boutonnée jusqu'au menton, probablement pour cacher un gilet encore plus râpé. Il s'avança vers l'Anglais et d'un ton très-humble: «*Uncle . . .*», lui dit-il.

– «*Leave me alone, you wretch!*» s'écria l'Anglais, dont l'œil gris s'alluma d'un éclat de colère, et il fit un pas pour sortir de la station.

– «*Don't drive me to despair*», reprit l'autre avec un accent à la fois lamentable et presque menaçant.

– «Veuillez être assez bon pour garder mon sac un instant»,

Leute sind nicht neugierig, denn sie sind nicht weit genug von Paris entfernt, als daß sie dieses kleinstädtische Laster hätten. Der junge Mann, den ich bereits Léon genannt habe, hatte einige Zeit zuvor ohne blaue Brille dieses Hotel ausgekundschaftet, und nach dem Bericht, den er darüber abstattete, hatte seine Freundin offenbar den Wunsch geäußert, es aufzusuchen. Übrigens befand sie sich am gegenwärtigen Tag in einer Gemütsverfassung, daß sie Gefängnismauern als zauberhaft empfunden hätte, wäre sie mit Léon darin eingeschlossen gewesen.

Inzwischen fuhr der Zug immer weiter; der Engländer las sein Griechisch, ohne den Kopf seinen Reisegefährten zuzuwenden, die so leise plauderten, wie nur Liebesleute sich verstehen können. Vielleicht werde ich meine Leser nicht überraschen, wenn ich ihnen sage, daß es Liebende in des Worts stärkster Bedeutung waren, daß sie, was dabei beklagenswert ist, nicht verheiratet waren, und daß es Gründe gab, die verhinderten, daß sie's gewesen wären.

Man kam in N... an. Der Engländer stieg als erster aus. Während Léon seiner Freundin half, den Wagen zu verlassen, ohne ihre Beine zu zeigen, sprang ein Mann aus dem Nebenabteil auf den Bahnsteig. Er war bleich, geradezu gelb, hatte tiefliegende, blutunterlaufene Augen und war schlecht rasiert – Merkmale, woran man häufig die großen Kriminellen erkennt. Sein Anzug war sauber, aber sehr abgetragen. Sein einst schwarzer, nun auf dem Rücken und an den Ellbogen grau gewordener Überrock war bis unters Kinn zugeknöpft, wohl um eine noch abgeschabtere Weste zu verbergen. Er ging auf den Engländer zu und sagte in recht demütigem Ton zu ihm:

»Uncle...«

»Leave me alone, you wretch!« rief der Engländer, dessen graue Augen in einem Wutausbruch funkelten, und tat einen Schritt, um den Bahnhof zu verlassen.

»Don't drive me to despair«, erwiderte der andere in zugleich kläglichem und fast drohendem Tonfall.

»Wären Sie so gütig, einen Augenblick auf meine Tasche

dit le vieil Anglais en jetant son sac de voyage aux pieds de Léon.
Aussitôt il prit le bras de l'homme qui l'avait accosté, le mena, ou plutôt le poussa dans un coin où il espérait n'être pas entendu, et là, il lui parla un moment d'un ton fort rude, comme il semblait. Puis il tira de sa poche quelques papiers, les froissa et les mit dans la main de l'homme qui l'avait appelé son oncle. Ce dernier prit les papiers sans remercier, et presque aussitôt s'éloigna et disparut.
Il n'y a qu'un hôtel à N***; il ne faut donc pas s'étonner si, au bout de quelques minutes, tous les personnages de cette véridique histoire s'y retrouvèrent. En France, tout voyageur qui a le bonheur d'avoir une femme bien mise à son bras, est sûr d'obtenir la meilleure chambre dans tous les hôtels, aussi est-il établi que nous sommes la nation la plus polie de l'Europe.
Si la chambre qu'on donna à Léon était la meilleure, il serait téméraire d'en conclure qu'elle était excellente. Il y avait un grand lit de noyer, avec des rideaux de perse où l'on voyait imprimée en violet l'histoire tragique de Pyrame et de Thisbé. Les murs étaient couverts d'un papier peint représentant une vue de Naples avec beaucoup de personnages; malheureusement des voyageurs désœuvrés et indiscrets avaient ajouté des moustaches et des pipes à toutes les figures mâles et femelles; et bien des sottises en prose et en vers écrites à la mine de plomb se lisaient sur le ciel et sur la mer. Sur ce fond plusieurs gravures: *Louis-Philippe prêtant serment à la Charte de 1830; la Première entrevue de Julie et de Saint-Preux; l'Attente du bonheur et les Regrets*, d'après M. Dubuffe. Cette chambre s'appelait la chambre bleue, parce que les deux fauteuils, à droite et à gauche de la cheminée, étaient en velours d'Utrecht de cette couleur; mais depuis bien des années, ils étaient cachés sous des chemises de percaline grise à galons amaranthe.

achtzugeben«, sagte der alte Engländer und stellte seine Reisetasche Léon vor die Füße.
Zugleich packte er den Arm des Mannes, der ihn angesprochen hatte, führte oder vielmehr stieß ihn in eine Ecke, wo er nicht gehört zu werden hoffte, und redete in anscheinend recht grobem Ton kurz auf ihn ein. Dann zog er einige Papiere aus der Tasche, zerknüllte sie und schob sie in die Hand des Mannes, der ihn Onkel genannt hatte. Jener nahm die Papiere, ohne sich zu bedanken, entfernte sich fast unmittelbar danach und verschwand.
Es gibt nur ein Hotel in N. . .; man braucht sich also nicht zu wundern, wenn sich einige Minuten später alle Persönlichkeiten dieser wahrhaftigen Geschichte dort wiederfanden. In Frankreich kann jeder Reisende, der das Glück hat, eine gutgekleidete Frau am Arm zu führen, sicher sein, in allen Hotels das beste Zimmer zu bekommen; mithin steht fest, daß wir die höflichste Nation Europas sind.
Wenn das Zimmer, das man Léon gab, auch das beste war, so wäre es vermessen, daraus zu schließen, es sei ausgezeichnet gewesen. Es hatte ein großes Nußbaumbett mit blaugrünen Vorhängen, auf denen in Violett die tragische Geschichte von Pyramus und Thisbe zu sehen war. An den Wänden fand sich eine Tapete, die eine Ansicht von Neapel mit vielerlei Personen darstellte; unglücklicherweise hatten müßige und unbedachte Reisende allen männlichen und weiblichen Figuren Schnurrbärte und Pfeifen hinzugefügt; und am Himmel und auf dem Meer stand eine Menge mit Bleistift geschriebener Zoten in Prosa und in Versen zu lesen. Auf diesem Hintergrund mehrere Stiche: ›Louis-Philippe, den Eid auf die Verfassung von 1830 leistend‹; ›Die erste Begegnung zwischen Julie und Saint-Preux‹; ›In Erwartung des Glücks‹ und ›Reue‹ nach Dubuffe. Dieser Raum hieß das Blaue Zimmer, weil die beiden Sessel, die rechts und links vom Kamin standen, mit Utrechter Samt dieser Farbe bezogen waren; sie steckten aber seit langen Jahren unter Überzügen aus grauem Perkal mit amarantfarbenen Borten.

Tandis que les servantes de l'hôtel s'empressaient autour de la nouvelle arrivée et lui faisaient leurs offres de service, Léon qui n'était pas dépourvu de bon sens quoique amoureux, allait à la cuisine commander le dîner. Il lui fallut employer toute sa rhétorique et quelques moyens de corruption pour obtenir la promesse d'un dîner à part; mais son horreur fut grande lorsqu'il apprit que dans la principale salle à manger c'est-à-dire à côté de sa chambre, MM. les officiers du 3ᵉ hussards, qui allaient relever MM. les officiers du 8ᵉ chasseurs à N***, devaient se réunir à ces derniers, le jour même, dans un dîner d'adieu où régnerait une grande cordialité. L'hôte jura ses grands dieux, qu'à part la gaieté naturelle à tous les militaires français, MM. les hussards et MM. les chasseurs étaient connus dans toute la ville pour leur douceur et leur sagesse, et que le voisinage n'aurait pas le moindre inconvénient pour madame, l'usage de MM. les officiers étant de se lever de table dès avant minuit.
Comme Léon regagnait la chambre bleue, sur cette assurance qui ne le troublait pas médiocrement, il s'aperçut que son Anglais occupait la chambre à côté de la sienne. La porte était ouverte. L'Anglais assis devant une table sur laquelle étaient un verre et une bouteille, regardait le plafond avec une attention profonde, comme s'il comptait les mouches qui s'y promenaient.
– «Qu'importe le voisinage!» se dit Léon, «l'Anglais sera bientôt ivre, et les hussards s'en iront avant minuit.»
En entrant dans la chambre bleue, son premier soin fut de s'assurer que les portes de communication étaient bien fermées et qu'elles avaient des verroux. Du côté de l'Anglais il y avait double porte; les murs étaient épais. Du côté des hussards la paroi était plus mince, mais la porte avait serrure et verroux. Après tout c'était contre la curiosité une

Während die Hotelmädchen sich um die Neuangekommene drängten und ihr ihre Dienste anboten, ging Léon, der zwar verliebt war, des gesunden Menschenverstands aber nicht ermangelte, in die Küche, um das Essen zu bestellen. Er mußte seine ganze Beredsamkeit und ein wenig Bestechung aufwenden, um die Erlaubnis für ein Diner auf dem Zimmer zu erhalten; groß war aber sein Schreck, als er erfuhr, daß im Hauptspeisesaal, das heißt neben seinem Zimmer, die Herrn Offiziere des Dritten Husarenregiments, die die Herrn Offiziere des Achten Jägerregiments in N... ablösen sollten, sich am nämlichen Tag mit diesen zu einem Abschiedsessen trafen, bei dem allgemeine Herzlichkeit herrschen würde. Der Wirt schwor die heiligsten Eide, daß, abgesehen von der allen französischen Militärs eigenen Fröhlichkeit, die Herrn Husaren und die Herrn Jäger in der ganzen Stadt ob ihrer Freundlichkeit und Mäßigkeit bekannt seien und daß diese Nachbarschaft für Madame nicht die mindeste Unannehmlichkeit haben werde, da es bei den Herrn Offizieren Brauch sei, sich noch vor Mitternacht von der Tafel zu erheben.
Als Léon auf diese Versicherung hin, die ihn nur mäßig beruhigte, ins Blaue Zimmer zurückging, bemerkte er, daß sein Engländer das Zimmer neben dem seinen hatte. Die Tür stand offen. Der Engländer saß vor einem Tisch, auf dem ein Glas und eine Flasche standen, und betrachtete mit tiefer Aufmerksamkeit die Zimmerdecke, als zähle er die Fliegen, die dort herumspazierten.
›Was liegt schon an der Nachbarschaft!‹ sagte sich Léon; ›der Engländer wird bald betrunken sein, und die Husaren gehen vor Mitternacht weg.‹
Als er das Blaue Zimmer betrat, war seine erste Sorge, sich zu vergewissern, ob die Verbindungstüren gut verschlossen seien und Riegel hätten. Nach der Seite des Engländers hin gab es eine Doppeltür; die Wände waren dick. Nach der Husarenseite hinüber war die Trennwand dünner, aber die Tür hatte Schloß und Riegel. Alles in allem war dies eine wirksamere Schranke gegen Neugier als die Vorhänge eines

barrière bien plus efficace que les stores d'une voiture, et combien de gens se croient isolés du monde, dans un fiacre!

Assurément l'imagination la plus riche ne peut se représenter de félicité plus complète que celle de deux jeunes amants, qui, après une longue attente, se trouvent seuls loin des jaloux et des curieux, en mesure de se conter à loisir leurs souffrances passées et de savourer les délices d'une parfaite réunion. Mais le Diable trouve toujours le moyen de verser sa goutte d'absinthe dans la coupe du bonheur. Johnson a écrit, mais non le premier, et il l'avait pris à un Grec, que nul homme ne peut se dire: Aujourd'hui, je serai heureux. Cette vérité reconnue, à une époque très-reculée, par les plus grands philosophes est encore ignorée par un certain nombre de mortels et singulièrement par la plupart des amoureux.

Tout en faisant un assez médiocre dîner dans la chambre bleue, de quelques plats dérobés au banquet des chasseurs et des hussards, Léon et son amie eurent beaucoup à souffrir de la conversation à laquelle se livraient ces messieurs dans la salle voisine.

On y tenait des propos étrangers à la stratégie et à la tactique, et que je me garderai bien de rapporter. C'était une suite d'histoires saugrenues, presque toutes fort gaillardes, accompagnées de rires éclatants, auxquels il était parfois assez difficile à nos amants de ne pas prendre part. L'amie de Léon n'était pas une prude, mais il y a des choses qu'on n'aime pas à entendre même en tête-à-tête avec l'homme qu'on aime. La situation devenait de plus en plus embarrassante, et comme on allait apporter le dessert de MM. les officiers, Léon crut devoir descendre à la cuisine pour prier l'hôte de représenter à ces messieurs qu'il y avait une femme souffrante dans une chambre à côté d'eux, et qu'on attendait de leur politesse qu'ils voudraient bien faire un peu moins de bruit.

Le maître d'hôtel, comme il arrive dans les dîners de corps,

Wagens, und wie viele Leute glauben sich in einem Fiaker von der Welt isoliert!
Selbst die blühendste Phantasie kann sich gewiß kein vollkommeneres Glück vorstellen als das zweier junger Verliebter, die nach einer langen Zeit des Wartens allein sind, fern den Eifersüchtigen und Neugierigen und in der Lage, sich mit Muße ihre vergangenen Leiden zu erzählen und die Wonnen einer gänzlichen Vereinigung auszukosten. Aber der Teufel findet immer ein Mittel, seinen Tropfen Wermut in den Becher des Glücks zu schütten. Johnson hat geschrieben, allerdings nicht als erster, er hatte es einem Griechen entnommen, daß kein Mensch sich sagen kann: ›Heute werde ich glücklich sein.‹ Diese in einem sehr weit zurückliegenden Zeitalter von den größten Philosophen erkannte Wahrheit ist einer Anzahl Sterblicher und besonders dem Großteil der Verliebten immer noch unbekannt.
Während Léon und seine Freundin im Blauen Zimmer ein ziemlich mittelmäßiges Diner zu sich nahmen, einige Gänge, die vom Bankett der Jäger und Husaren abgezweigt worden waren, hatten sie unter der Unterhaltung viel zu leiden, der sich die Herrn im Nebensaal hingaben.
Man führte dort Reden, die mit Strategie und Taktik nichts zu tun hatten und die zu berichten ich mich wohl hüten werde. Es war eine Folge von saftigen Geschichten, fast alle sehr ausgelassen und von schallendem Gelächter begleitet, an dem nicht teilzunehmen unseren Liebenden manchmal ziemlich schwerfiel. Léons Freundin war nicht prüde, aber es gibt Dinge, die man nicht einmal im Tête-à-tête mit dem Mann gern anhört, den man liebt. Die Situation wurde immer peinlicher, und als man den Herrn Offizieren den Nachtisch servierte, glaubte Léon, in die Küche hinuntergehen zu müssen, um den Wirt zu bitten, den Herrn vorzuhalten, daß sich im Zimmer neben ihnen eine leidende Frau befinde und man von der Höflichkeit der Herrn erwarte, sie möchten gütigst ein bißchen weniger Lärm machen.
Wie es bei festlichen Essen geschlossener Gesellschaften so

était tout ahuri et ne savait à qui répondre. Au moment où Léon lui donnait son message pour les officiers, un garçon lui demandait du vin de Champagne pour les hussards, une servante du vin de Porto pour l'Anglais.
– «J'ai dit qu'il n'y en avait pas», ajouta-t-elle.
– «Tu es une sotte. Il y a de tous les vins chez moi. Je vais lui en trouver, du porto! Apporte-moi la bouteille de ratafia, une bouteille à quinze, et un carafon d'eau-de-vie.»
Après avoir fabriqué du porto en un tour de main, l'hôte entra dans la grande salle et fit la commission que Léon venait de lui donner. Elle excita tout d'abord une tempête furieuse. Puis une voix de basse qui dominait toutes les autres, demanda quelle espèce de femme était leur voisine? Il se fit une sorte de silence. L'hôte répondit:
– «Ma foi, messieurs, je ne sais trop que vous dire. Elle est bien gentille et bien timide. Marie-Jeanne dit qu'elle a une alliance au doigt. Ça se pourrait bien que ce fût une mariée qui vient ici pour finir la noce, comme il en vient des fois.»
– «Une mariée!» s'écrièrent quarante voix. «Il faut qu'elle vienne trinquer avec nous! Nous allons boire à sa santé, et apprendre au marié ses devoirs conjugaux!»
A ces mots on entendit un grand bruit d'éperons, et nos deux amants tressaillirent pensant que leur chambre allait être prise d'assaut. Mais soudain une voix s'éleva qui arrêta le mouvement. Il était évident que c'était un chef qui parlait. Il reprocha aux officiers leur impolitesse et leur intima l'ordre de se rasseoir et de parler décemment et sans crier. Puis, il ajouta quelques mots trop bas pour être entendus de la chambre bleue. Ils furent écoutés avec déférence, mais non sans exciter pourtant une certaine hilarité contenue.

ist, war der Hotelwirt völlig durcheinander und wußte nicht, auf wen er zuerst hören sollte. Gerade als Léon ihm die Botschaft für die Offiziere auftrug, bestellte ein Ober beim Wirt Champagner für die Husaren, und ein Zimmermädchen Portwein für den Engländer.

»Ich hab gesagt, es gibt keinen mehr«, fügte sie hinzu.

»Du bist eine dumme Gans. Bei mir gibt's alle Weine. Ich werde schon Portwein für ihn finden! Bring mir eine Flasche Fruchtlikör, die Flasche zu fünfzehn, und eine Karaffe Schnaps.«

Nachdem der Wirt im Handumdrehen Portwein fabriziert hatte, ging er in den großen Saal und richtete den Auftrag aus, den ihm Léon soeben gegeben hatte. Dies rief zunächst einen Sturm der Entrüstung hervor. Dann fragte eine Baßstimme, die alle anderen übertönte, was für eine Art Frau ihre Nachbarin sei. Es wurde etwas stiller. Der Wirt antwortete:

»Auf Ehre, Messieurs, ich weiß nicht, was ich Ihnen sagen soll. Sie ist recht hübsch und recht schüchtern. Marie-Jeanne sagt, sie hat einen Ehering am Finger. Es könnte durchaus sein, daß es eine Jungvermählte ist, die zum Abschluß der Hochzeit hierher kommt, wie das manchmal geschieht.«

»Eine Braut!« riefen vierzig Stimmen. »Sie muß herüberkommen und mit uns anstoßen! Wir wollen auf ihr Wohl trinken und dem Bräutigam seine ehelichen Pflichten beibringen!«

Bei diesen Worten war ein gewaltiges Sporengeklirr zu hören; unsere Liebenden zitterten, weil sie dachten, ihr Zimmer werde im Sturm genommen. Plötzlich jedoch erhob sich eine Stimme, die der Unruhe ein Ende setzte. Offenbar war es ein Vorgesetzter, der sprach. Er warf den Offizieren ihre Unhöflichkeit vor und gab ihnen den Befehl, sich wieder zu setzen und sich geziemend zu unterhalten, ohne zu schreien. Er fügte dann noch einige Worte hinzu, die zu leise waren, als daß man sie im Blauen Zimmer hätte verstehen können. Sie wurden respektvoll angehört, nicht jedoch ohne eine gewisse verhaltene Heiterkeit zu erregen.

A partir de ce moment, il y eut dans la salle des officiers un silence relatif, et nos amants, bénissant l'empire salutaire de la discipline commencèrent à se parler avec plus d'abandon. Mais, après tant de tracas, il fallait du temps pour retrouver les tendres émotions que l'inquiétude, les ennuis du voyage, et surtout la grosse joie de leurs voisins avaient fortement troublées. A leur âge cependant la chose n'est pas très-difficile, et ils eurent bientôt oublié tous les désagréments de leur expédition aventureuse, pour ne plus penser qu'aux plus importants de ses résultats.

Ils croyaient la paix faite avec les hussards; hélas! ce n'était qu'une trêve. Au moment où ils s'y attendaient le moins, lorsqu'ils étaient à mille lieues de ce monde sublunaire, voilà vingt-quatre trompettes soutenues de quelques trombones qui sonnent l'air connu des soldats français: *«La victoire est à nous!»* Le moyen de résister à pareille tempête! Les pauvres amants furent bien à plaindre.

. . . .

Non, pas tant à plaindre, car à la fin les officiers quittèrent la salle à manger, défilant devant la porte de la chambre bleue avec un grand cliquetis de sabres et d'éperons, et criant l'un après l'autre: – «Bonsoir, Madame la Mariée.» Puis tout bruit cessa. Je me trompe, l'Anglais sortit dans le corridor et cria: – «Garçon! portez une autre bouteille du même porto!»

. . . .

Le calme était rétabli dans l'hôtel de N***; la nuit était douce, la lune dans son plein. Depuis un temps immémorial les amants se plaisent à regarder notre satellite. Léon et son amie ouvrirent leur fenêtre qui donnait sur un petit jardin,

Von diesem Augenblick an herrschte im Saal der Offiziere relative Stille, und unsere Liebenden, die die heilsame Macht der Disziplin segneten, begannen nun mit größerer Ungezwungenheit zu plaudern. Nach so viel Verdruß brauchte es allerdings Zeit, die zärtlichen Gefühle wiederzufinden, die die Aufregung, die Unannehmlichkeiten der Reise und vor allem die grobe Fröhlichkeit ihrer Nachbarn arg gestört hatten. In ihrem Alter ist dies nun aber nicht sehr schwer, und sie hatten bald alle Verdrießlichkeiten ihres abenteuerlichen Ausflugs so weit vergessen, daß sie an nichts anderes mehr dachten als an seine wichtigsten Ergebnisse.
Sie hielten den Frieden mit den Husaren für geschlossen; aber ach, es war nur ein Waffenstillstand. In einem Augenblick, als sie sich's am wenigsten versahen und als sie unserer sublunarischen Welt tausend Meilen fern waren, da bliesen zwei Dutzend Trompeten, unterstützt von einigen Posaunen, das bekannte Lied der französischen Soldaten: »La victoire est à nous!« Man sage mir ein Mittel, einem solchen Sturm zu widerstehen! Die armen Liebenden waren gar sehr zu bedauern.

. . . .

Nein, nicht ganz so sehr zu beklagen, denn endlich verließen die Offiziere den Speisesaal, defilierten mit lautem Säbel- und Sporenklirren an der Tür des Blauen Zimmers vorbei und riefen einer nach dem anderen:
»Guten Abend, junge Ehefrau.«
Dann hörte aller Lärm auf. Ich irre mich, der Engländer kam in den Gang heraus und rief:
»Ober! Bringen Sie mir noch eine Flasche vom selben Portwein!«

. . . .

Die Ruhe im Hotel von N... war wiederhergestellt. Die Nacht war lau, der Vollmond schien. Seit undenklicher Zeit bedeutet es für die Liebenden ein Vergnügen, unseren Erdtrabanten zu betrachten. Léon und seine Freundin öffneten ihr Fenster, das auf einen kleinen Garten ging, und atmeten

et aspirèrent avec plaisir l'air frais qu'embaumait un berceau de clématites. Ils n'y restèrent pas longtemps toutefois. Un homme se promenait dans le jardin, la tête baissée, les bras croisés, un cigare à la bouche. Léon crut reconnaître le neveu de l'Anglais qui aimait le vin de Porto.

. . . .

Je hais les détails inutiles, et, d'ailleurs je ne me crois pas obligé de dire au lecteur tout ce qu'il peut facilement imaginer, ni de raconter, heure par heure, tout ce qui se passa dans l'hôtel de N***. Je dirai donc que la bougie qui brûlait dans la cheminée sans feu de la chambre bleue était plus d'à-moitié consumée, quand dans l'appartement de l'Anglais, naguère silencieux, un bruit étrange se fit entendre, comme un corps lourd peut en produire en tombant. A ce bruit se joignit une sorte de craquement non moins étrange, suivi d'un cri étouffé et de quelques mots indistincts semblables à une imprécation. Les deux jeunes habitants de la chambre bleue tressaillirent. Peut-être avaient-ils été réveillés en sursaut. Sur l'un et l'autre, ce bruit qu'ils ne s'expliquaient pas avait causé une impression presque sinistre.

– «C'est notre Anglais qui rêve», dit Léon en s'efforçant de sourire, mais il voulait rassurer sa compagne, et il frissonna involontairement. Deux ou trois minutes après une porte s'ouvrit dans le corridor avec précaution comme il semblait; puis elle se referma très-doucement. On entendit un pas lent et mal assuré qui, selon toute apparence, cherchait à se dissimuler.

– «Maudite auberge!» s'écria Léon.

– «Ah! c'est le Paradis!» répondit la jeune femme en laissant tomber sa tête sur l'épaule de Léon. «Je meurs de sommeil! . . .» Elle soupira et se rendormit presque aussitôt.

Un moraliste illustre a dit que les hommes ne sont jamais

mit Genuß die frische Luft, die eine Klematislaube mit Duft erfüllte. Sie blieben jedoch nicht lange dort. Ein Mann ging mit gesenktem Kopf und gekreuzten Armen, eine Zigarre im Mund, im Garten hin und her. Léon glaubte den Neffen des Engländers zu erkennen, der den Portwein liebte.

. . . .

Ich verabscheue unnütze Einzelheiten und halte mich überdies nicht für verpflichtet, dem Leser alles zu sagen, was er sich leicht denken kann, oder Stunde für Stunde alles zu erzählen, was im Hotel von N. . . vor sich ging. Ich sage also, daß die Kerze, die auf dem ungeheizten Kamin des Blauen Zimmers brannte, mehr als zur Hälfte verzehrt war, als im eben noch stillen Zimmer des Engländers sich ein seltsames Geräusch vernehmen ließ, wie es ein schwerer Körper verursachen kann, wenn er niederfällt. Mit diesem Geräusch verband sich ein nicht weniger seltsames Krachen, dem ein erstickter Schrei und einige undeutliche Worte folgten, die einer Verwünschung ähnelten. Die zwei jungen Bewohner des Blauen Zimmers fuhren zusammen. Vielleicht waren sie jäh aufgeweckt worden. Auf beide hatten die Geräusche, die sie sich nicht erklären konnten, einen geradezu unheimlichen Eindruck gemacht.

»Es ist unser Engländer, der träumt«, sagte Léon, der sich zu einem Lächeln zwang, denn er wollte seine Gefährtin beruhigen, schauderte aber wider Willen.

Zwei oder drei Minuten darauf wurde auf dem Gang eine Tür geöffnet, vorsichtig, wie es schien; sie schloß sich dann wieder sehr leise. Ein langsamer und unsicherer Schritt war zu vernehmen, der sich allem Anschein nach unhörbar zu machen versuchte.

»Verfluchte Absteige!« rief Léon.

»Oh, es ist das Paradies!« erwiderte die junge Frau und ließ den Kopf auf Léons Schulter sinken. »Ich bin todmüde! . . .«

Sie seufzte und schlief fast augenblicklich wieder ein.

Ein berühmter Moralist hat gesagt, daß die Männer nicht

bavards lorsqu'ils n'ont plus rien à demander. Qu'on ne s'étonne donc point si Léon ne fit aucune tentative pour renouer la conversation, ou disserter sur les bruits de l'hôtel de N***. Malgré lui il en était préoccupé, et son imagination y rattachait maintes circonstances auxquelles dans une autre disposition d'esprit il n'eût fait aucune attention. La figure sinistre du neveu de l'Anglais lui revenait en mémoire. Il y avait de la haine dans le regard qu'il jetait à son oncle, tout en lui parlant avec humilité, sans doute parce qu'il lui demandait de l'argent.

«Quoi de plus facile à un homme jeune encore et vigoureux, désespéré en outre, que de grimper du jardin à la fenêtre de la chambre voisine? D'ailleurs, il logeait dans l'hôtel, puisque la nuit il se promenait dans le jardin. Peut-être, ... probablement même ... indubitablement, il savait que le sac noir de son oncle renfermait une grosse liasse de billets de banque ... Et ce coup sourd comme un coup de massue sur un crâne chauve ... ce cri étouffé! ... ce jurement affreux! et ces pas ensuite! Ce neveu avait la mine d'un assassin ... Mais on n'assassine pas dans un hôtel plein d'officiers. Sans doute cet Anglais avait mis le verrou en homme prudent, surtout sachant le drôle aux environs. Il s'en défiait, puisqu'il n'avait pas voulu l'aborder avec son sac à la main ... Pourquoi se livrer à des pensées hideuses quand on est si heureux?»

Voilà ce que Léon se disait mentalement. Au milieu de ses pensées que je me garderai d'analyser plus longuement et qui se présentaient à lui presque aussi confuses que les visions d'un rêve, il avait les yeux fixés machinalement vers la porte de communication entre la chambre bleue et celle de l'Anglais. En France, les portes ferment mal. Entre celle-ci et le parquet il y avait un intervalle d'au moins deux centimètres.

gesprächig sind, sobald sie nichts mehr zu verlangen haben. Man wundere sich also nicht, wenn Léon keinerlei Versuch machte, die Unterhaltung wieder anzuknüpfen oder sich über die Geräusche im Hotel von N... auszulassen. Wider seinen Willen beschäftigte er sich damit, und seine Phantasie brachte allerlei Umstände miteinander in Verbindung, denen er in anderer Geistesverfassung keinerlei Aufmerksamkeit geschenkt hätte. Das finstere Gesicht des Neffen des Engländers kam ihm wieder ins Gedächtnis. Haß lag in dem Blick, den er seinem Onkel zuwarf, wenn er auch in Demut mit ihm sprach – zweifellos, weil er Geld von ihm verlangte.

›Was ist leichter für einen noch jungen, kräftigen und überdies verzweifelten Menschen, als vom Garten aus ans Fenster des Zimmers nebenan zu klettern? Außerdem wohnte er wohl im Hotel, da er nachts im Garten spazierenging. Vielleicht ... wahrscheinlich sogar ... zweifellos wußte er, daß die schwarze Reisetasche seines Onkels ein dickes Bündel Banknoten enthielt... Und dieser dumpfe Schlag wie von einer Keule auf einen kahlen Schädel ... der erstickte Schrei! ...diese schreckliche Verwünschung! Und dann die Schritte! Dieser Neffe hatte die Physiognomie eines Mörders... Aber man mordet nicht in einem Hotel, das voll von Offizieren steckt. Ohne Zweifel hatte der Engländer als vorsichtiger Mensch den Riegel vorgeschoben, zumal er wußte, daß dieser Typ in der Nähe war. Er traute der Sache nicht, weswegen er ihm mit der Reisetasche in der Hand auch nicht nahekommen wollte... Warum sich garstigen Gedanken überlassen, wenn man so glücklich ist?‹

Das sagte sich Léon im stillen. Mitten in seinen Gedanken, die noch eingehender zu analysieren ich mich hüten werde und die sich ihm fast so konfus darboten wie die Bilder eines Traums, hatte er die Augen mechanisch auf die Verbindungstür zwischen dem Blauen Zimmer und dem des Engländers gerichtet. In Frankreich schließen die Türen schlecht. Zwischen dieser und dem Parkett bestand ein Zwischenraum von wenigstens zwei Zentimetern. In diesem

Tout d'un coup, dans cet intervalle à peine éclairé par le reflet du parquet, parut quelque chose de noirâtre, plat, semblable à une lame de couteau, car le bord, frappé par la lumière de la bougie présentait une ligne mince, très-brillante. Cela se mouvait lentement dans la direction d'une petite mule de satin bleu, jetée indiscrètement à peu de distance de cette porte. Était-ce quelque insecte comme un mille-pattes? ... Non ce n'est pas un insecte. Cela n'a pas de forme déterminée ... Deux ou trois traînées brunes, chacune avec sa ligne de lumière sur le bord, ont pénétré dans la chambre. Leur mouvement s'accélère grâce à la pente du parquet ... Elles s'avancent rapidement, elles viennent effleurer la petite mule. Plus de doute! C'est un liquide, et ce liquide, on en voyait maintenant distinctement la couleur à la lueur de la bougie, c'était du sang! Et tandis que Léon immobile regardait avec horreur ces traînées effroyables, la jeune femme dormait toujours d'un sommeil tranquille, et sa respiration régulière échauffait le cou et l'épaule de son amant.

. . . .

Le soin qu'avait eu Léon de commander le dîner dès en arrivant dans l'hôtel de N***, prouve suffisamment qu'il avait une assez bonne tête, une intelligence élevée et qu'il savait prévoir. Il ne démentit pas en cette occasion le caractère qu'on a pu lui reconnaître déjà. Il ne fit pas un mouvement, et toute la force de son esprit se tendit avec effort pour prendre une résolution, en présence de l'affreux malheur qui le menaçait.

Je m'imagine que la plupart de mes lecteurs, et surtout de mes lectrices, remplis de sentiments héroïques, blâmeront en cette circonstance la conduite et l'immobilité de Léon. Il aurait dû, me dira-t-on, courir à la chambre de l'Anglais et arrêter le meurtrier; tout au moins tirer sa sonnette et carillonner les gens de l'hôtel. A cela je répondrai d'abord que

Zwischenraum, der von der Spiegelung des Parketts schwach erhellt war, erschien auf einmal irgend etwas Schwärzliches, Flaches, das einer Messerklinge glich, denn der vom Schein der Kerze getroffene Rand zeigte eine schmale, glänzende Linie. Dieses Etwas bewegte sich langsam in Richtung auf ein Pantöffelchen aus blauem Satin vorwärts, das nachlässig auf kurzen Abstand zu dieser Tür geschleudert worden war. War das irgendein Insekt wie ein Tausendfüßler? ... ›Nein, es ist kein Insekt. Es hat keinen festen Umriß ... Zwei oder drei braune Streifen, jeder mit seiner Lichtlinie am Rand, sind ins Zimmer eingedrungen. Ihre Bewegung beschleunigt sich bei der Neigung des Parketts ... Sie kommen schnell voran, sie werden gleich das Pantöffelchen berühren. Kein Zweifel mehr! Es ist eine Flüssigkeit, und diese Flüssigkeit, deren Farbe man im Licht der Kerze jetzt deutlich sieht, ist Blut!‹ Und während Léon regungslos und mit Entsetzen diese schrecklichen Spuren betrachtete, schlief die junge Frau ihren ruhigen Schlummer weiter, und ihr regelmäßiger Atem wärmte Hals und Schulter ihres Geliebten.

. . . .

Die Fürsorglichkeit, die Léon gleich nach der Ankunft im Hotel von N. . . bei der Bestellung des Essens gezeigt hatte, beweist zur Genüge, daß er einen recht hellen Kopf, eine höhere Intelligenz besaß und vorauszusehen verstand. Bei dieser Gelegenheit verleugnete er den Charakter nicht, den man bereits an ihm bemerken konnte. Er machte nicht eine Bewegung, und seine ganze Geisteskraft richtete sich angestrengt darauf, angesichts des schrecklichen Mißgeschicks, das ihm drohte, einen Entschluß zu fassen.

Ich denke mir, daß die Mehrzahl meiner Leser und vor allem meiner Leserinnen, erfüllt von heroischen Gefühlen, Léons Benehmen und seine Untätigkeit unter diesen Umständen tadeln werden. Er hätte, wird man mir sagen, ins Zimmer des Engländers stürzen und den Mörder festhalten, zum allerwenigsten die Klingel ziehen und die Hotelangestellten zusammenläuten müssen. Darauf werde ich zunächst

dans les hôtels, en France, il n'y a de sonnettes que pour l'ornement des chambres, et que leurs cordons ne correspondent à aucun appareil métallique. J'ajouterai respectueusement, mais avec fermeté, que s'il est mal de laisser mourir un Anglais à côté de soi, il n'est pas louable de lui sacrifier une femme qui dort la tête sur votre épaule. Que serait-il arrivé si Léon eût fait un tapage à réveiller l'hôtel? Les gendarmes, le procureur impérial et son greffier seraient arrivés aussitôt. Avant de lui demander ce qu'il avait vu ou entendu, ces messieurs sont par profession si curieux qu'ils lui auraient dit tout d'abord: «Comment vous nommez-vous? – Vos papiers? – Et madame? – Que faisiez-vous ensemble dans la chambre bleue? – Vous aurez à comparaître en cour d'assises pour dire que le tant de tel mois, à telle heure de nuit, vous avez été les témoins de tel fait.»

Or, c'est précisément cette idée de procureur impérial et de gens de justice qui la première se présenta à l'esprit de Léon. Il y a parfois dans la vie des cas de conscience difficiles à résoudre. Vaut-il mieux laisser égorger un voyageur inconnu, ou déshonorer et perdre la femme qu'on aime? Il est désagréable d'avoir à se poser un pareil problème. J'en donne en dix la solution au plus habile.

Léon fit donc ce que probablement plusieurs eussent fait à sa place: il ne bougea pas. Les yeux fixés sur la mule bleue et le petit ruisseau rouge qui la touchait, il demeura longtemps comme fasciné, tandis qu'une sueur froide mouillait ses tempes et que son cœur battait dans sa poitrine à la faire éclater. Une foule de pensées et d'images bizarres et horribles l'obsédaient, et une voix intérieure lui criait à chaque instant: «Dans une heure, on saura tout, et c'est ta faute!»

antworten, daß es in Frankreich in den Hotels Klingeln nur zum Schmuck der Zimmer gibt und daß ihre Schnüre mit keinerlei metallischem Apparat in Verbindung stehen. Ich werde respektvoll, doch mit Nachdruck hinzufügen, daß es zwar schlimm ist, neben sich einen Engländer sterben zu lassen, aber auch nicht lobenswert, ihm eine Frau zu opfern, die schläft und deren Kopf man an der Schulter ruhen fühlt. Was wäre geschehen, wenn Léon Lärm geschlagen hätte, um das Hotel zu wecken? Die Gendarmen, der kaiserliche Staatsanwalt und sein Protokollführer wären alsbald erschienen. Noch bevor sie ihn gefragt hätten, was er gesehen oder gehört habe – die Herrn sind von Berufs wegen so neugierig – würden sie zuallererst zu ihm gesagt haben:

»Wie heißen Sie? – Ihre Papiere? – Und Madame? – Was taten Sie zusammen im Blauen Zimmer? – Sie werden vor dem Schwurgericht zu erscheinen haben, um auszusagen, daß Sie am Soundsovielten des Monats zu der und der Stunde nachts Zeugen von der und der Tat gewesen sind.«

Nun ist dies genau die Vorstellung von Staatsanwalt und Gerichtsbeamten, die sich als erste Léons Sinn darbot. Es gibt im Leben manchmal Gewissenskonflikte, die schwer zu lösen sind. Ist's besser, einen unbekannten Reisenden erwürgen zu lassen oder die Frau bloßzustellen und zu verlieren, die man liebt? Es ist unangenehm, sich eine solche Frage stellen zu müssen. Ich setze zehn gegen eins, auch der Geschickteste fände keine Lösung.

Léon tat also, was wahrscheinlich etliche an seiner Stelle getan hätten: er rührte sich nicht. Die Augen auf den blauen Pantoffel und das kleine rote Rinnsal gerichtet, das ihn erreicht hatte, verharrte er lange Zeit wie gebannt, während kalter Schweiß seine Schläfen feuchtete und sein Herz in der Brust zum Zerspringen schlug. Eine Menge seltsamer und schrecklicher Gedanken und Vorstellungen bedrängte ihn, und eine innere Stimme rief ihm alle Augenblicke zu: ›In einer Stunde wird man alles wissen, und es ist deine Schuld!‹

Cependant, à force de se dire: «Qu'allais-je faire dans cette galère?» on finit par apercevoir quelques rayons d'espérance. Il se dit enfin: «Si nous quittions ce maudit hôtel avant la découverte de ce qui s'est passé dans la chambre à côté, peut-être pourrions-nous faire perdre nos traces. Personne ne nous connaît ici; on ne m'a vu qu'en lunettes bleues; on ne l'a vue que sous son voile. Nous sommes à deux pas d'une station, et en une heure nous serions bien loin de N***.» Puis, comme il avait longuement étudié l'*Indicateur* pour organiser son expédition, il se rappela qu'un train passait à huit heures, allant à Paris. Bientôt après on serait perdu dans l'immensité de cette ville où se cachent tant de coupables. Qui pourrait y découvrir deux innocents? Mais n'entrerait-on pas chez l'Anglais avant huit heures? Toute la question était là.
Bien convaincu qu'il n'avait pas d'autre parti à prendre, il fit un effort désespéré pour secouer la torpeur qui s'était emparée de lui depuis si longtemps; mais, au premier mouvement qu'il fit, sa jeune compagne se réveilla et l'embrassa à l'étourdir. Au contact de sa joue glacée, elle laissa échapper un petit cri: – «Qu'avez-vous?» lui dit-elle avec inquiétude. «Votre front est froid comme un marbre!»
– «Ce n'est rien», répondit-il d'une voix mal assurée. «J'ai entendu un bruit dans la chambre à côté . . .»
Il se dégagea de ses bras, et d'abord écarta la mule bleue et plaça un fauteuil devant la porte de communication, de manière à cacher à son amie l'affreux liquide qui, ayant cessé de s'étendre, formait maintenant une tache assez large sur le parquet.
Puis il entr'ouvrit la porte qui donnait sur le corridor et écouta avec attention. Il osa même s'approcher de la porte de l'Anglais. Elle était fermée. Il y avait déjà quelque mouvement dans l'hôtel. Le jour se levait. Les valets d'écurie

Fragt man sich jedoch immer wieder ›Was soll ich in dieser Zwangslage tun?‹, so wird man am Ende einiger Hoffnungsstrahlen gewahr. Er sagte sich schließlich: ›Wenn wir dieses verdammte Hotel vor Entdeckung der Vorgänge im Zimmer nebenan verließen, könnten wir vielleicht unsere Spuren verwischen. Niemand kennt uns hier; man hat mich nur mit blauer Brille gesehen; man hat sie nur hinter ihrem Schleier gesehen. Wir sind zwei Schritt vom Bahnhof und wären in einer Stunde weit weg von N . . .‹ Dann erinnerte er sich, da er das Kursbuch ausführlich studiert hatte, um seine Fahrt zu planen, daß um acht Uhr ein Zug in Richtung Paris ging. Bald darauf würde man sich in der Unermeßlichkeit dieser Stadt verlieren, wo sich so viele Missetäter verbergen. Wer könnte dort zwei Unschuldige aufspüren? Würde aber nicht vor acht Uhr jemand bei dem Engländer eintreten? Da lag das ganze Problem.

Fest überzeugt, daß er keinen anderen Entschluß fassen könne, machte Léon eine verzweifelte Anstrengung, die Erstarrung abzuschütteln, die sich seiner seit geraumer Zeit bemächtigt hatte; bei der ersten Bewegung jedoch, die er machte, erwachte seine junge Gefährtin und umarmte ihn zum Ersticken. Bei der Berührung seiner eisigen Wange entschlüpfte ihr ein kleiner Schrei.

»Was hast du?« sagte sie beunruhigt zu ihm. »Deine Stirn ist kalt wie Marmor!«

»Es ist nichts«, antwortete er mit wenig sicherer Stimme. »Ich habe im Zimmer nebenan ein Geräusch gehört . . .«

Er machte sich aus ihren Armen frei, entfernte zuerst den blauen Pantoffel und stellte einen Sessel vor die Verbindungstür, um auf diese Weise vor seiner Freundin die gräßliche Flüssigkeit zu verbergen, die aufgehört hatte, sich weiter zu verbreiten, und nun eine ziemlich große Lache auf dem Parkett bildete.

Dann öffnete er spaltbreit die Tür, die auf den Korridor ging, und horchte aufmerksam. Er wagte es sogar, sich der Tür des Engländers zu nähern. Sie war verschlossen. Im Hotel gab es schon einige Unruhe. Der Tag brach an. Die

pansaient les chevaux dans la cour, et du second étage un officier descendait les escaliers en faisant résonner ses éperons: il allait présider à cet intéressant travail, plus agréable aux chevaux qu'aux humains et qu'en termes techniques on appelle *la botte*.

Léon rentra dans la chambre bleue, et avec tous les ménagements que l'amour peut inventer, à grand renfort de circonlocutions et d'euphémismes, il exposa à son amie la situation où ils se trouvaient.

Danger de rester; danger de partir trop précipitamment; danger encore plus grand d'attendre dans l'hôtel que la catastrophe de la chambre voisine fût découverte. Inutile de dire l'effroi causé par cette communication, les larmes qui la suivirent, les propositions insensées qui furent mises en avant. Que de fois les deux infortunés se jetèrent dans les bras l'un de l'autre, en se disant: «Pardonne-moi! pardonne-moi!» Chacun se croyait le plus coupable. Ils se promirent de mourir ensemble, car le jeune homme ne doutait pas que la justice ne les trouvât coupables du meurtre de l'Anglais, et comme ils n'étaient pas sûrs qu'on leur permît de s'embrasser encore sur l'échafaud, ils s'embrassèrent à s'étouffer, s'arrosant à l'envi de leurs larmes.

Enfin, après avoir dit bien des absurdités et bien des mots tendres et déchirants, ils reconnurent, au milieu de mille baisers, que le plan médité par Léon, c'est-à-dire le départ par le train de huit heures, était en réalité le seul praticable et le meilleur à suivre. Mais restaient encore deux mortelles heures à passer. A chaque pas dans le corridor, ils frémissaient de tous leurs membres. Chaque craquement de bottes leur annonçait l'entrée du procureur impérial. Leur petit paquet fut fait en un clin d'œil.

Stallknechte striegelten im Hof die Pferde, und aus dem zweiten Stock stieg ein Offizier die Treppe herunter, wobei er die Sporen klirren ließ: er wollte die interessante Arbeit beaufsichtigen, die für die Pferde angenehmer ist als für die Menschen und die man mit dem Fachausdruck ›Frühstall‹ bezeichnet.

Léon kam ins Zimmer zurück und setzte seiner Freundin mit aller Behutsamkeit, die die Liebe erdenken kann, und mit Hilfe vieler Umschreibungen und Euphemismen die Situation auseinander, in der sie sich befanden.

Gefährlich, zu bleiben; gefährlich, zu überstürzt abzureisen; noch weit gefährlicher, im Hotel zu warten, bis die Katastrophe im Zimmer nebenan entdeckt würde. Unnötig, das durch diese Eröffnung verursachte Entsetzen zu schildern, die Tränen, die darauf folgten, die unsinnigen Vorschläge, die vorgebracht wurden.

Wie oft stürzten sich die Unglücklichen in die Arme und sagten zueinander:

»Verzeih mir, verzeih mir!«

Jedes hielt sich für den am meisten Schuldigen. Sie versprachen sich, gemeinsam zu sterben, denn der junge Mann zweifelte nicht daran, daß die Justiz sie des Mords an dem Engländer für schuldig befinden würde, und da sie nicht sicher waren, daß man ihnen erlauben werde, sich auf dem Schafott noch einmal in die Arme zu nehmen, umarmten sie sich, als wollten sie sich ersticken, wobei sie sich um die Wette mit ihren Tränen netzten.

Nachdem sie sich eine Menge Ungereimtheiten und eine Menge zärtlicher und herzzerreißender Worte gesagt hatten, erkannten sie schließlich unter tausend Küssen, daß der von Léon erdachte Plan, nämlich die Abreise mit dem Zug um acht Uhr, wirklich der einzige ausführbare und beste sei, den man verfolgen könne. Es blieben aber noch zwei tödliche Stunden zu überstehen. Bei jedem Schritt im Gang zitterten sie an allen Gliedern. Jedes Knarren von Stiefeln kündete ihnen das Eintreffen des Staatsanwalts an. Ihr leichtes Gepäck war im Nu fertig.

La jeune femme voulait brûler dans la cheminée la mule bleue, mais Léon la ramassa, et, après l'avoir essuyée à la descente de lit, il la baisa et la mit dans sa poche. Il fut surpris de trouver qu'elle sentait la vanille; son amie avait pour parfum le bouquet de l'Impératrice Eugénie.

Déjà tout le monde était réveillé dans l'hôtel. On entendait des garçons qui riaient, des servantes qui chantaient, des soldats qui brossaient les habits des officiers. Sept heures venaient de sonner. Léon voulut obliger son amie à prendre une tasse de café au lait, mais elle déclara que sa gorge était si serrée qu'elle mourrait si elle essayait de boire quelque chose.

Léon muni de ses lunettes bleues descendit pour payer sa note. L'hôte lui demanda pardon du bruit qu'on avait fait et qu'il ne pouvait encore s'expliquer; ces Messieurs les officiers étaient toujours si tranquilles! Léon l'assura qu'il n'avait rien entendu et qu'il avait parfaitement dormi.

– «Par exemple, votre voisin de l'autre côte», continua l'hôte, «n'a pas dû vous incommoder. Il ne fait pas beaucoup de bruit celui-là. Je parie qu'il dort encore sur les deux oreilles.»

Léon s'appuya fortement au comptoir pour ne pas tomber, et la jeune femme qui avait voulu le suivre, se cramponna à son bras, en serrant son voile devant ses yeux.

– «C'est un mylord», poursuivit l'hôte impitoyable. «Il lui faut toujours du meilleur. Ah! c'est un homme bien comme il faut! Mais tous les Anglais ne sont pas comme lui. Il y en avait un ici qui est pingre! Il trouve tout trop cher, l'appartement, le dîner. Il voulait me compter son billet pour cent vingt-cinq francs; un billet de la banque d'Angleterre de cinq livres sterling... Pourvu encore qu'il soit bon!... Tenez, monsieur, vous devez vous y connaître, car je vous ai entendu parler anglais avec Madame... Est-il bon?»

Die junge Frau wollte den blauen Pantoffel im Kamin verbrennen, aber Léon nahm ihn an sich, und nachdem er ihn am Bettvorleger abgewischt hatte, küßte er ihn und steckte ihn in die Tasche. Er war überrascht bei der Entdeckung, daß der Schuh nach Vanille roch; seine Freundin hatte ›Bouquet de l'Impératrice Eugénie‹ als Parfüm.
Schon war jedermann im Hotel munter. Man hörte Kellner lachen, Stubenmädchen singen, Soldaten, die Offiziersröcke bürsteten. Soeben hatte es sieben Uhr geschlagen. Léon wollte seine Freundin dazu bewegen, eine Tasse Milchkaffee zu sich zu nehmen, aber sie erklärte, ihre Kehle sei so zugeschnürt, daß sie stürbe, wollte sie versuchen, etwas zu trinken.
Mit seiner blauen Brille ausgerüstet, ging Léon hinunter, um die Rechnung zu bezahlen. Der Wirt bat ihn wegen des Lärms um Entschuldigung, der gemacht worden sei und den er sich immer noch nicht erklären könne; die Herrn Offiziere waren immer so ruhig! Léon versicherte, er habe nichts gehört und ausgezeichnet geschlafen.
»Bei Gott, Ihr Nachbar auf der anderen Seite«, fuhr der Wirt fort, »hat Sie nicht belästigen können. Der macht nicht viel Lärm. Ich wette, daß er noch tief und fest schläft.«
Léon stützte sich fest auf die Empfangstheke, um nicht umzusinken, und die junge Frau, die ihm hatte folgen wollen, krampfte sich an seinen Arm und zog den Schleier vor den Augen zusammen.
»Es ist ein Mylord«, fuhr der unbarmherzige Wirt fort. »Er muß immer das Beste haben. Ah, er ist ein sehr anständiger Mensch! Aber nicht alle Engländer sind wie er. Da war einer hier, der war ein Knauser! Er findet alles zu teuer, das Appartement, das Essen. Er wollte mir seinen Schein mit einhundertfünfundzwanzig Francs verrechnen, einen Schein der Bank von England über fünf Pfund Sterling... Immer noch vorausgesetzt, daß er echt ist!... Hören Sie, Monsieur, Sie müssen sich da auskennen, denn ich habe Sie mit Madame Englisch sprechen hören.... Ist er echt?«

En parlant ainsi, il lui présentait une bank-note de cinq livres sterling. Sur un des angles il y avait une petite tache rouge que Léon s'expliqua aussitôt.

– «Je le crois fort bon», dit-il d'une voix étranglée.

– «Oh! vous avez bien le temps» reprit l'hôte; «le train ne passe qu'à huit heures et il est toujours en retard. Veuillez donc vous asseoir, madame. Vous semblez fatiguée...»

En ce moment, une grosse servante entra:

– «Vite de l'eau chaude», dit-elle, «pour le thé de mylord! Apportez aussi une éponge! Il a cassé sa bouteille et toute sa chambre est inondée.»

A ces mots, Léon se laissa tomber sur une chaise; sa compagne en fit de même. Une forte envie de rire les prit tous deux, et ils eurent quelque peine à ne pas éclater. Le jeune homme lui serra joyeusement la main.

– «Décidément», dit Léon à l'hôte, «nous ne partirons que par le train de deux heures. Faites-nous un bon déjeuner pour midi.»

. . . .

COMPOSÉ ET ÉCRIT PAR

P. MÉRIMÉE

FOU DE S. M. L'IMPÉRATRICE

Während er so redete, zeigte er ihm eine Fünfpfundnote. An einer der Ecken war ein kleiner roter Fleck, den Léon sich sofort erklären konnte.
»Ich halte ihn für durchaus echt«, sagte er mit erstickter Stimme.
»Oh, Sie haben noch viel Zeit«, fing der Wirt wieder an; »der Zug fährt erst um acht Uhr durch, und er hat immer Verspätung. Wollen Sie sich doch bitte setzen, Madame. Sie sehen angegriffen aus ...«
In diesem Augenblick kam ein molliges Zimmermädchen herein.
»Schnell heißes Wasser«, sagte sie, »für Mylords Tee! Bringt auch einen Schwamm her! Er hat seine Flasche zerbrochen, und sein ganzes Zimmer ist überschwemmt.«
Bei diesen Worten ließ sich Léon auf einen Stuhl sinken; seine Gefährtin tat desgleichen. Heftige Lachlust überkam alle beide, und sie hatten einige Mühe, nicht herauszuplatzen. Der junge Mann drückte ihr übermütig die Hand.
»Ganz bestimmt«, sagte Léon zum Wirt, »fahren wir erst mit dem Zug um zwei Uhr. Richten Sie uns ein gutes Mittagessen.«

. . . .

ERDACHT UND GESCHRIEBEN VON

P. MÉRIMÉE

NARR S. M. DER KAISERIN

Nachwort

»Mateo Falcone«

Mérimée schrieb die Novelle *Mateo Falcone* 1829 und nahm sie in den 1834 erschienenen Sammelband *Mosaïque* auf. Bald nach der Veröffentlichung erhob sich in literarischen Kreisen die Frage nach den Quellen Mérimées für seine Novelle. Auguste Barbier meint in seinen *Souvenirs personnels et Silhouettes contemporaines* (Paris 1883), Mérimée sei durch ein Buch des Engländers Robert Benson, *Sketch of Corsica, or a journal written during a visit to that island in 1823* (London 1825), angeregt worden. G. Charlier (s. S. 80) vermutete die Quelle in einer anonymen Abhandlung, *Des Devoirs de la France envers la Corse*, die im Juliheft 1828 der *Revue trimestrielle* erschienen war und die Charlier entweder dem General Sebastiani oder dem Advokaten Patorni (beide Korsen) zuschrieb. Darin ist eine Geschichte von zwei Deserteuren enthalten, die ein (erwachsener) Hirte gegen 4 Louis verrät; wegen dieses Verrats wird er dann von seinen Verwandten erschossen. Mérimée kann auch zwei andere Bücher gekannt haben: den 1787 erschienenen Auszug des Abbé Gaudin aus der *Histoire des Révolutions de Corse* des Abbé de Germanes, geschrieben 1771–76; darin tötet der Vater den erwachsenen Sohn, der 5 Louis für den Verrat bekommen hat. Die gleiche Version erscheint in den *Novelle storiche corse* von Renucci (Bastia 1827) unter dem Titel *L'Ospitalità*. Benson hat die Geschichte nach eigenen Angaben in sein Buch eingebracht.

Mit Sicherheit entnahm Mérimée die ›Dokumentation‹ (Land und Leute, Landschaft, Lokalkolorit) dem in der anonymen Abhandlung mehrfach zitierten Buch von Gabriel Feydel, *Mœurs et Coutumes de Corse.* Damit beschäftigt sich ausführlich Pierre Trahard in *La Jeunesse de Prosper Mérimée* (2 Bde., Paris 1925) und weist darauf hin, daß sich Mérimée schon zwei Jahre vor Erscheinen der anony-

men Abhandlung lebhaft für Korsika interessierte und verschiedene, im *Globe* 1826 und 1827 veröffentlichte Artikel über die Insel gelesen habe. Mérimée schrieb seine Novelle in der Form eines persönlichen Erlebnisses, obwohl er erst elf Jahre später Korsika bereiste. Er entnahm die Grundidee ›Sühne für Verrat nach korsischem Sittenkodex‹, gab ihr aber eine besonders tragische Wendung: aus den Männern, die den Verrat begehen, wird das Kind Fortunato, dem der Vater, obwohl es menschlich verständlich wäre, den Bruch des Gastrechts durch Verrat nicht verzeihen kann. Fortunato stirbt von der Hand des Vaters.

»Matteo Falcone« und Adelbert von Chamisso: Auch wenn in Chamissos Werken und Briefwechseln kein Hinweis enthalten ist, woher er die Anregung zu seinem Terzinengedicht »Matteo Falcone, der Korse« genommen hat (erschienen im *Berliner Musenalmanach für 1831*), besteht kein Zweifel, daß ihm Mérimées *Mateo Falcone* als Vorlage diente: Gleichheit der Namen der Personen, paralleler Ablauf der Handlung. Chamisso änderte lediglich, wohl des Reims halber, den Namen von Falcones Schwiegersohn Bianchi in Renzone (»bewohne«) ab. Ob er auch die Bücher von Benson und Renucci kannte, läßt sich nicht sagen. Dagegen sind für ein zweites auf Korsika spielendes Gedicht, »Korsische Gastfreiheit« (1837), Renuccis *Novelle* als Quelle sicher, weil er die Namen beibehält und der Handlung folgt. Ein weiteres Gedicht mit korsischem Vorwurf, »Die Versöhnung«, ist gleichfalls eine sich genau an die Prosavorlage haltende Versifizierung von *La Trève de Dieu* in *Souvenirs de Corse* von Rosseeuw Saint-Hilaire (in *Revue de Paris*, 1830).

»Das Blaue Zimmer«

Die Novelle *La Chambre bleue* ist zu Lebzeiten des Dichters nicht im Druck erschienen, weil Mérimée sie nicht für wichtig genug hielt. Er schrieb sie, wie die Widmung zeigt, im September 1866 in Biarritz; mit ›Madame de la Rhune‹

ist Kaiserin Eugénie gemeint, der er die Novelle mit einem Brief vom 30. Oktober zuschickte. Die zum Badeaufenthalt in Biarritz weilende Kaiserin und ihre Begleitung, wozu auch ihr guter Freund Mérimée zählte, mögen ab und zu einen Ausflug zu dem 900 m hohen, zwischen Saint-Jean-de-Luz und Cambo gelegenen Berg La Rhune gemacht haben, und so gab Mérimée seiner Gönnerin diesen verschleierten Namen.

Über Mérimées Vorlesung vor der Hofgesellschaft schreibt er selbst:

»Wenn man nicht Karten spielt, wird vorgelesen. Ich schlug vor, aus ›Wilhelm Meister‹ von Goethe zu lesen, aber nach dem ersten Kapitel wurde die Geschichte zur langweiligsten Sache von der Welt erklärt. Für recht langweilig hielt man auch Novellen von Turgenjew (!), die ich selbst sehr hübsch finde. Zum Ausgleich amüsierte man sich an einer kleinen Erzählung, die ich müßigen Stunden verdanke. Allerdings ist sie recht unmoralisch.«

Daß Mérimée mit der Novelle nicht zufrieden war, zeigt sein Brief vom 10. Februar 1869 an Albert Stapfer über *Das Blaue Zimmer* und *Lokis*:

»Die Geschichten haben mir Freude gemacht, werden aber das Licht der Welt nicht erblicken.«

Lokis erschien, nicht aber *Das Blaue Zimmer*.

Was Mérimée daran auszusetzen hatte, berichtet Othenin d'Haussonville in der *Revue des Deux Mondes* vom 15. August 1879:

»Als Emile Augier ihn [Mérimée] zu einer kleinen Novelle, betitelt *La Chambre bleue*, beglückwünschte, antwortete Mérimée: ›Sie hat trotzdem einen großen Mangel, weil ich die Lösung des Knotens geändert habe; zuerst wollte ich meine Geschichte tragisch enden lassen ... dann habe ich meine Meinung gewechselt und ihr einen lustigen Ausgang gegeben. Ich hätte von vorn anfangen und sie in tragischem Ton erzählen müssen, aber das war mir lästig, und ich habe es dabei belassen.‹«

Auguste Filon, der Mérimée gut kannte und sich oft mit

ihm unterhielt, schreibt in seinem Buch *Mérimée et ses amis* darüber:
»Im Grund hielt Mérimée nicht viel davon. Wie er meinte, laufe die Geschichte der Ästhetik des Genres zuwider ... sie hätte zu einer tragischen Überraschung führen müssen ... Kehren wir die Grundidee um: die Liebenden halten das Blutrinnsal für Portwein und erheitern sich bis zu dem Augenblick daran, da sie den Irrtum erkennen. In der ersten Version geht es um einen Grauhaarigen, der eine Flasche umgeworfen hat, in der zweiten um Mord. Ich versuche, mir auszudenken, was aus *La Chambre bleue* geworden wäre, hätte Mérimée die Novelle im Gegensinn geschrieben; ich würde sie mittelmäßig finden.«
Das Manuskript lag bis September 1870 in den Tuilerien und wurde von Philippe Burty als 10. Kapitel der *Papiers et Correspondance de la Famille impériale* gedruckt. Er veranstaltete auch einen Sonderdruck in beschränkter Auflage und bemerkt dazu:
»Der handgeschriebene Text umfaßt 45 Seiten eines in weiches schwarzes Leder gebundenen Hefts mit Goldschnitt ... Er soll in der Handschriftenabteilung der Bibliothèque nationale aufbewahrt werden. Der Brand*, der dem Einzug der Armee von Versailles ins Viertel Saint-Germain vorherging, zerstörte das Haus, in dem Mérimée wohnte, und zugleich seine Manuskripte, Notizen, die Korrespondenz und seine Bibliothek. Die Textvorlage und der Druck dieser Novelle sind also ein doppelter Glücksfall ... Ein Aquarell von gefälliger Farbgebung, die Szene vom Schein des Lampenschirms beleuchtet, schmückt den Schluß des Manuskripts. Neugierigen sei verraten, daß das Pantöffelchen von Madame Daumont in zartblauer Farbe, der Absatz lebhaft rot und die Quaste amaranten gemalt sind. Sohn eines Künstlers, Eugène Delacroix und den Ateliers der Romantiker eng verbunden, gewohnt, Denkmäler und Skulpturen zu

* Das Haus in Paris, das Mérimée seit 1852 bewohnt hatte, brannte am 23. Mai 1871 nieder, auf den Tag genau acht Monate nach seinem Tod.

skizzieren, handhabte Mérimée Stift und Pinsel mit Gewandtheit.«
Daß sich Mérimée am Schluß der Novelle als »Narr S. M. der Kaiserin« bezeichnete, war sicherlich ein Scherz; er hatte Mlle. Eugénie-Marie de Montijo de Guzmán, die spätere Kaiserin Eugénie (1826–1920; seit 1853 verheiratet mit Napoleon III.), schon gekannt, als sie noch ein Kind war.
Die Erzählung *La Chambre bleue* hat auch Bearbeiter gefunden. Sie wurde von Charles de Rounat, dem ehemaligen Direktor des Odéon, als einaktiges Lustspiel dramatisiert und am 22. September 1873 im Théâtre du Vaudeville uraufgeführt; es erschien im selben Jahr bei Michel Lévy in Buchform.
Das Thema der Novelle diente auch als Vorwurf für eine gleichnamige komische Oper, Text von Edouard Noël, Musik von Jules Bouval; die Uraufführung war am 16. Januar 1902 in der Opéra-Comique.

Mérimées Leben und Werk

Prosper Mérimée wurde am 27. September 1803 in Paris geboren, er starb am 23. September 1870 in Cannes, wo er wegen seines Asthmaleidens seit 1856 den Winter zu verbringen pflegte. Er studierte Jura und Archäologie, wurde Sekretär des Comte d'Argout, dann Beamter im Marineministerium und 1831 Inspektor für die historischen Denkmäler. Seinen Erkenntnissen auf vielen Reisen und seinem Weitblick verdankt Frankreich die Erhaltung unzähliger Kunstdenkmäler. Ab 1840 verband ihn eine enge Freundschaft mit der Familie des spanischen Grafen de Montijo und besonders mit der späteren Kaiserin Eugénie, die als kleines Mädchen von ihm Französisch gelernt hatte. 1853 wurde Mérimée von Napoleon III. zum Senator ernannt. Als Freund und literarischer Berater der kaiserlichen Familie bewahrte er sich gleichwohl seine Unabhängigkeit und stand Napoleon III. einigermaßen kritisch gegenüber.
In der urbanen Atmosphäre des Elternhauses – der Vater

war Maler, ein Schüler J.-L. Davids und Sekretär der ›Académie des Beaux-Arts‹ – lernte der junge Mérimée die Schriften Voltaires und anderer Freigeister des Dixhuitième kennen und blieb zeit seines Lebens ihrer kühlen Ironie und Skepsis verpflichtet. Zu seinen Freunden zählte auch Stendhal. Religiös indifferent, ein Dandy von vollendeten Umgangsformen, gewohnt, auf großem Fuß zu leben, hatte er keine Illusionen und war als in sich gefestigter Charakter auf Distanz bedacht. Gleichwohl besaß er Gefühl und war liebenswürdiger Zuneigung fähig, auch wenn er dies nicht zeigte und vielmehr seinen scharfen, zynischen Geist sprechen ließ, denn nichts fürchtete er mehr, als sich lächerlich zu machen. Mit ruhiger, angenehmer Stimme, so berichten Zeitgenossen, erzählte er die fürchterlichsten Verbrechen und höchst abstoßende und blutige Geschichten.
Man schreibt Mérimée zwar der Romantik zu, aber nur einige Züge rechtfertigen diese Einordnung: seine Vorliebe für die primitiven, seltsamen und grausamen Aspekte der menschlichen Natur, für alles Exotische und für fremde Literaturen. Er war nicht nur Anglomane, er interessierte sich auch für die russische Literatur und übersetzte Puschkin und Turgenjew ins Französische. Er liebte das Lokalkolorit, ob es sich nun wie bei *Mateo Falcone* um Korsika handelte, um Spanien beim Schicksal der Zigeunerin Carmen, um die Einakter der fingierten Spanierin Clara Gazul, um den Balkan in den angeblich illyrischen Volksballaden *La Guzla* oder – im Pariser Alltag – um die Habitués und großen Damen der Pariser Salons. Realist ist Mérimée als objektiver Beobachter, der hinter seinen Gestalten nur selten als Erzähler hervortritt. Er verabscheute lyrische Ergüsse, Empfindsamkeit, Tränen der Liebe und der Freundschaft, Phrasen, Klischees des Pittoresken und machte sich gemeinsam mit Stendhal darüber lustig. Man findet zudem auch klassische Elemente bei Mérimée: die Einfachheit, ja Kargheit, Nüchternheit und Prägnanz der Sprache.
Mérimées Name wird in der Literatur immer mit der Gattung der ›Nouvelle artistique‹, der Kunstnovelle, verbun-

den bleiben; seine bekanntesten Novellen sind: *Tamango* (1829), *Le Vase étrusque* (1830), *La Partie de Trictrac* (1830), *La Vénus d'Ille* (1837), *Colomba* (1840), *Arsène Guillot* (1844), *Carmen* (1845), *Lokis* (1869).
Aufschlußreich für Mérimée als Weltmann und Skeptiker sind seine *Lettres à une Inconnue* (1873) und *Lettres à une autre Inconnue* (1875). Historisierend sind die Skizzen *La Jacquerie* (1828) und der geschichtliche Roman *La Chronique du Règne de Charles IX* (1829). Außerdem schrieb Mérimée archäologische und historische Abhandlungen wie *Essais sur la Guerre sociale* (1841), *Le faux Démétrius* (1854), *Mélanges historiques et littéraires* (1855). Sein Briefwechsel umfaßt 15 Bände.

Literatur: G. Roger, *Mérimée et la Corse* (1945); M. Kuttner, *Die korsischen Quellen von Chamisso und Mérimée* (in: Archiv f. d. Studium d. neueren Sprachen, Jg. 57, Bd. 111 [1903], S. 350–364; Bd. 112 [1904], S. 94–109); G. Charlier, *La Source principale de ›Mateo Falcone‹* (in: Revue d'Histoire Littéraire de la France 28, 1921, S. 340 bis 344); P. Trahard, *La Jeunesse de Prosper Mérimée [1803–1834]* (2 Bde., Paris 1925); *Prosper Mérimée de 1834 à 1853* (Paris 1928); *La Vieillesse de Prosper Mérimée [1854–1870]* (Paris 1930); *Prosper Mérimée et l'Art de la Nouvelle* (Paris 1923); A. de Luppé, *Mérimée* (1945).

Otto Weith